淫具

愁堂れな

CONTENTS ✦目次✦

淫具

✦カバーデザイン＝chiaki-k（コガモデザイン）
✦ブックデザイン＝まるか工房

イラスト・笠井あゆみ✦

淫貝

プロローグ

お願いがあります。

あなたのペニスの型をとりたいのです。

いえ、そのままではなく、勃起している状態のものを。

理由は……あなたがいないときも、後ろにあなたを感じていたいから。

いつもあなたと一緒にいたい。でもあなたは忙しいでしょう?

だからあなたの分身を、常に後ろに収めておきたい。

日の光の下では直視できないようないやらしい道具を身体の中に収めながら、僕は毎日あなたを思う。

あなたが次に来てくれるときまでに、僕の後ろがあなたのかたちとなりますようにと祈りながら――。

1

「大丈夫か」

東雲悠に肩を揺すられ、八代夏樹は我に返った。

「……ああ」

何を以て『大丈夫』と言えるのか。意識ははっきりしている。自分を案じてくれている相手に、これ以上心配をさせまいという気遣いもできる。

しかし。

心の中は空っぽだ。正直、何も考えることができない。唯一の肉親を失ってしまったショックと、なぜそれを想定できなかったのかという自己嫌悪に、夏樹は押し潰されそうになっていた。

「少し休んだほうがいい。控え室に行かないか？」

東雲が、遠慮深く声をかけてくる。今、二人がいるのは杉並区の堀ノ内斎場――火葬場だった。

兄、冬樹の訃報を夏樹は駐在先のパリで聞いた。総合商社勤務の彼はフランス語の語学研修生としてパリの事務所で二年間、勤務していたのだが、来月には帰国が決まっていた。帰国後はおそらく、習得したフランス語を活かすべく、中央アフリカにでも辞令が出るのではと予想していたのだが、そこに訃報が届いたというわけだった。

夏樹の両親は四年前に亡くなっており、父母共にきょうだいがいなかった。早逝の家系なのか、父母の両親も鬼籍に入っており、夏樹にとっての肉親は二つ年上の兄、冬樹一人となっていた。

「……もう少し、ここにいるよ」

夏樹は今、火葬場の外にいた。たった今兄の遺体と『最後の別れ』をしたところで、火葬炉に棺が飲み込まれていくさまを呆然と見送ったあと、たまらない気持ちとなり外に出た。

空はどこまでも青く、雲一つない。今時の火葬場は煙突などなく、焼かれた兄の遺体が煙となって天に昇っていくという光景を見ることなどできないのだが、それでも夏樹は空を見上げずにはいられなかった。

目に浮かぶのは棺に入った兄の白い顔。

訃報は通いの家政婦から届いた。週に二回、家を訪れていた彼女が倒れている兄を発見したときに既に息はなく、死後まるまる二日が経過していたことがあとからわかった。

訃報を受け、会社に連絡を入れてすぐの帰国となったのだが、それを同じ職場の同期にして長年の友人でもある東雲が聞きつけ、諸々の手続きを申し出てくれたのだった。

不審死扱いとなり、司法解剖されることになったが、事件性はなく、急な心臓発作で亡くなったという結果が出た。

夏樹の帰国前に警察から遺体は引き渡されたのだが、引き取りも葬儀の手配もすべて、東雲が行ってくれていた。

おかげで帰国後滞りなく通夜、翌日に告別式を執り行うことができた。弔問香典供花、すべて辞退としたため、通夜も告別式も参列者は夏樹と東雲、それに家政婦の宮島清(みやじまきよ)の三名のみとなった。

「宮島さんの様子を見てくる。随分と体調が悪そうだったから、もう帰ってもらうんでいいよな？」

「ああ。勿論(もちろん)」

その役目は本来なら喪主である自分が担うべきだと、夏樹にもわかっていた。

「悪いな」

それで謝った夏樹の肩を、東雲はぽんと叩くと、気にするな、というように微笑(ほほえ)んでから、一人建物内へと戻っていった。

その後ろ姿を見るとはなしに見ていた夏樹の脳裏に、亡くなった兄、冬樹の姿が蘇(よみがえ)る。

最後に会ったのは今年の正月——ほぼ一年前となる。夏期休暇は日本には戻らず、トレーニー仲間とイタリアに遊びに行ったことが悔やまれてならない。

『年末には帰国なんだろう？　ヨーロッパを堪能するといいよ』

帰国しないと電話で伝えたとき、冬樹は明るく笑っていた。その後、何度か電話をしたが、特に体調を崩したということは聞いていない。家政婦の清の話でも、身体的にも精神的にも、冬樹に変わった様子はなかったという。

人が亡くなるというのは随分、あっけないものなのだな。青い空を見上げる夏樹の唇から溜め息が漏れた。

『夏樹』

呼ばれた気がして振り返る。

苦しんで死んだのだろうか。死に顔は穏やかでまるで眠っているようだった。

生まれつき心臓が悪かった兄。せめて眠るような死であってほしい。たった一人、誰に見送られることもなく閉じる結果となった二十八年間の兄の人生を夏樹は思い――また、空を仰いだ。

『夏樹』

幻の冬樹の声が頭の中で響く。

兄と最後に言葉を交わしたのはいつだっただろう。そのときどんな会話をしたのだったか。

もう、二度と声を聞くことも、顔を見ることもないというのが、夏樹にはどうにも信じられなかった。

両親が亡くなったときも同じ気持ちだったな、と夏樹は再び、抜けるような青空を見上げ、兄も父と母のもとに旅立っていったのかと心の中で独り言ちたのだった。

「清さんには帰ってもらったよ」

控え室に戻ると、広い室内にぽつんと一人座っていた東雲がそう声をかけてきた。

「お茶、飲むか？」

「自分でやるよ」

東雲も少し疲れているように見える。彼にはすっかり甘えてしまった、と冬樹は改めて親友に深く頭を下げた。

「何から何までありがとう。すっかり頼ってしまって申し訳ない」

「何を改まって」

東雲が笑って立ち上がり、茶碗にお茶を注ぎ始める。

「たいしたことはしていないよ。お兄さんはきっちりしていたから。葬儀社から何から、ご両親のときの控えを残していた。それを参考にさせてもらったよ」

はい、と茶碗を手渡し、微笑んだ東雲の唇から零れる白い歯が眩しい。学生時代は水泳部に所属し、インカレでも優秀な成績を収めていたという彼は、いわゆる『非の打ち所のない好青年』だなと、今更ながら夏樹は中学からの同級生の顔をまじまじと見やった。

身長は百八十五センチ、日本人離れした九頭身の体型は、海外の人気モデルと並んでも遜色ないのではと思われる。顔立ちもモデル並みによく、中学や高校、それに職場でも人気を博していた。

大学での四年間は、東雲が国内最高レベルといわれる国立大学、夏樹が私大と、進学先が違ったため把握していないが、さぞもてていただろうと推察できる。もてすぎるのがよくないのか、特定の恋人は夏樹の知る限りおらず、それがまた人気に拍車をかけているのではと、夏樹は推察していた。

ビジュアルや学力、身体能力だけではなく、人間性も素晴らしい。自分は忌引きとなるが、東雲は有休を既に三日、取得している。相当無理をして仕事を調整しただろうに、それをまるで感じさせない態度を終始とり続けてくれていることに、夏樹は心から感謝した。

「悪かった。有休、使わせて。随分大変だっただろう?」

「大丈夫だ。今はそう忙しいときじゃない」

夏樹の謝罪を笑顔で退けると東雲は逆に夏樹を案じてみせた。

「お前も疲れているだろう? 帰国してから休む間もなかったから」

「疲れて……うん。でもそのくらいがちょうどいいのかもしれないよ」

確かに疲労困憊（こんぱい）といった状態ではある。兄の死を悲しむ心と身体の余裕がないから、涙も出ないのかもしれない。

笑った夏樹に東雲は一瞬、何かを言いかけたが、すぐ、笑顔になるとまるで違う話をし始めた。

「フランス語の検定試験は来月だが、自信のほどは？」

「どうだろう。さすがに日常会話には不自由しなくなったが、検定は癖があるから」

敢（あ）えて兄の死とは関係のない話題を選んでいることがわかる。気遣いに感謝しつつも夏樹は、今、知りたいのは、と話題を自ら変えた。

「……詳しい状況を教えてもらえるか？　清さんからも聞いてはいるが……」

遺体を発見したショックが大きかったようで、あまり要領を得なかった。それだけに兄の死についての詳細を聞きたい、と夏樹が見つめる先で、東雲が抑えた溜め息を漏らす。

「……詳しいことは俺も知らない。聞いたのは家政婦さんが——清さんがいつものように家を訪れたとき、リビングで倒れていたお兄さんを発見したということだけだ」

「特にここのところ体調が悪いというわけでもなく、突然死……だったんだよな」

「そう、聞いているよ」

清さんから、と東雲が答えたあとに沈黙が訪れる。

「人の命は……儚（はかな）いな」

夏樹の口からその言葉が漏れた。

意識して言ったというより、言葉が自然に零れ落ちたといった感じだったのだが、それを聞いて東雲は、

「本当だよな」

としみじみと頷(うなず)いてみせた。

「訃報を知らせるべき相手もわからなかった。たった一人の肉親なのに俺は兄貴のこと、何も知らないんだなと情けなかったよ」

だが夏樹が反省を込めてそう言うと、

「それは違うと思うよ」

と否定の言葉を口にした。

「俺ももし、今、自分の弟が突然亡くなったとしたら、交友関係などまるでわからない。親でもそうだ。二年も離れて暮らしていたのだから仕方がないよ」

「……ありがとう」

友の気遣いに礼を言い、夏樹は兄へと思いを馳(は)せた。

「年賀状のやり取りをしていた相手に訃報を送るのはどうかな。あとは……お中元やお歳暮……か？」

東雲が親身になり、提案してくる。

「年賀状か……」

身体の弱かった冬樹が学校に通っていたのは中学までで、高校と大学は通信制のところを選択し、自宅で卒業資格を得ていた。

年賀状のやり取りはあったのだろうか。夏樹自身、随分とメールに移行し、年賀状を実際出しているのは大学の恩師と数名の友人くらいだった。

兄のもとに年賀状は届いていただろうか。

記憶を辿るも、少しも思い出せない。思えば兄から友人の名を聞いたことはなかったような、と夏樹は改めてそのことに気づき、なんともいえない気持ちになった。

兄弟仲は決して悪くなかった。フランスに行く前は二人で暮らしてもいた。生活リズムが違っていたので、そう顔を合わせることはなかったが、タイミングが合えば食事も共にとったし、休日には一緒に出かけることもあった。

しかし――。

こうして考えてみると、兄について自分があまりに何も知らないという現実に、夏樹は呆然としてしまっていた。

「大丈夫か？」

黙り込んだことを案じてくれたらしい東雲が顔を覗き込んでくる。

「……ああ」

頷いた夏樹に東雲がまた気を遣ってくれたらしく、別の話題を振ってくる。

「お兄さんは一人であの家に住んでいたんだな。お前が赴任するとき、マンションに住み替えるとか、言ってなかったか？」

「俺もそれを勧めたんだが、兄貴が家を出たがらなくて」

冬樹が住んでいたのは、西荻窪の駅近くにある一軒家だった。両親が建てたもので、二階建てのそこそこ広い家である。

夏樹と二人で暮らしていたときも広すぎると感じていたが、一人暮らしでは尚、広い。防犯上もマンションのほうが安心なのでは、と、この機会に家を出てはどうだと冬樹に持ちかけたが決して首を縦には振らなかった。

思い入れがあるなら売らなければいい。マンションの一部屋を借りるくらいの余裕はあるのだから、一人暮らしの間だけでも、と再三勧めたが、家は空き家にすると傷むから、と冬樹はきっぱりと夏樹の提案を退けた。

「お前は？　あの家に住むのか？」

今後、と問うてきた東雲に、夏樹は「どうだろう」と首を傾げた。

「すぐには決められないな。一人暮らしには広すぎるし、築三十年であちこちガタも来ているし。売るにしても貸すにしてもそのままというわけにはいかなそうだ」

「名義も変えなきゃだしな」

「ああ、そうか……」

夏樹の両親は四年前、立て続けに亡くなった。まずは母親が、半年後に父親が同じ癌で命を落とした。

相続関係の手続きはすべて冬樹が独自に調べ、行ってくれた。夏樹らの父親はいわゆる『地主』で、杉並区に土地を複数所有しており、駐車場やアパート経営で生計を立てていた。

相続にあたり、その中のいくつかを手放すことになったが、それでも充分、兄弟二人が生活するにあまりあるほどの収入を得ることはできた。

父がそうしていたように、冬樹もまた信頼できる大手不動産業者に管理は委託し、毎月の収支のチェックのみ行っていた。

それが今後は自分の仕事となるのか、と夏樹はぼんやり、そう考えた。

会社との両立はできるだろうか。不動産会社の報告をチェックするだけであれば充分可能か。その前に、相続の問題があるか。当時兄に任せきりにせず、少しは自分でも把握しておけばよかった。

兄が面倒そうにしていた記憶しかない。手伝おうかと言うと、それより仕事を頑張れ、と逆に応援された記憶がまざまざと蘇る。

二歳という歳の差だったが、見た目は兄、冬樹のほうが幼く見えた。顔はよく似ていたので、双子と間違われることもあった。

しかし中身は『兄』は『兄』で、頼らせてもらうことばかりだった。

「……兄さん」

夏樹の口からぽろりと兄への呼びかけが零れる。

「なんでも相談に乗るから。一人で抱え込むなよ？」

そんな夏樹の肩を東雲がぽん、と叩き、頷いてみせる。

「ありがとう」

友の気遣いをありがたく思うと同時に夏樹は、頼るべき相手としての兄はもう、いなくなってしまったのだと、改めて実感していた。

やがて係の人が呼びに来て、夏樹は東雲と共に兄の骨を骨壺に収めた。家に戻ろうとしたときに、東雲の携帯が着信に震え、仕事上のトラブルが発生したと察した夏樹は、

「一人で帰れるから」

と家まで付き添うと言ってくれていた彼の同行を断った。

「悪かったな。三日も休ませることになって」

「気にしないでくれ。今日、帰りに寄ってもいいか？」

どこまでも自分を案じてくれる友の気遣いが申し訳なく、夏樹は、

「今日は色々、整理しないといけないから」

と敢えて彼の訪問を断った。

「気にしなくていいのに」

夏樹の気遣いはすぐに悟られ、苦笑されてしまった。

「ともかく、夜、寄るわ」

「……ありがとう」

再度断るほうが申し訳ないか、と夏樹は彼の厚意に甘えることにした。

タクシーで東雲を駅まで送ることにし、葬儀場の人に一台、呼んでもらった。その間にも何度か東雲の携帯は着信に震え、キビキビとそれに応える彼を見て夏樹は、二年という歳月を思った。

二年間、語学のトレーニーでフランス語を学んでいる間、着実に東雲は己のキャリアを積んでいる。

この差が縮まることはあるのだろうか。ふと不安を覚えたが、もともとのポテンシャルが違うのだから、と諦(あきら)めることにする。

「それじゃ、また夜に」

駅でタクシーを降りるとき、東雲は念を押すようにしてそう言い、笑顔を向けてきた。

「ありがとう」

本当に何から何まで世話になりっぱなしで申し訳ない。しかし謝罪すればより気を遣われることがわかっているため、敢えて謝礼の言葉を告げた夏樹に、東雲は笑顔で頷くと車を降りていった。

　一人になり夏樹は、膝の上に置いた白木の箱を撫(な)で、兄との記憶を辿ってみることにした。

　兄は生まれたときから心臓に疾患があったため、共に外で遊んだ記憶はない。読書が好きで、幼少期から大人が読むような本を好んで読んでいた。

　子供の頃、困ったことがあるとなんでも兄に相談した。兄はどんなつまらない相談にも耳を傾けてくれ、的確なアドバイスをしてくれたものだった。

　しかしもう、兄はいないのだ。

　こんな小さな骨壺に収まる存在となってしまった。今後、何か相談したくなったら誰にすればいいのか。

　相談相手を考える時点で、自立していないと自ら証明しているのかもしれない。明日からは一人。まさに天涯孤独となるのだ。

　まずは相続関係。そして——なんだろう。住居を整える？　その前に自分の仕事もある。出社せねば。帰国してから一度も会社に行っていない。やはり明日、一度出社したほうがいいだろうか。

　あれこれと考えているうちに自宅に到着し、夏樹は金を払ってタクシーを降りた。軋(きし)みを気にしながら門を開き、玄関の鍵(かぎ)を開けて中に入る。

　葬儀社がしつらえてくれた祭壇に兄の遺骨や位牌(いはい)、それに写真を飾り線香を手向(たむ)けた。

「…………」

写真を、と東雲に言われ、フランスに旅立つ前、記念に自分のスマートフォンで撮った兄と二人の写真を送った。

写真の兄は穏やかな笑みを浮かべている。やはり今年の夏休みには帰国すべきだった、と今更の後悔に身を焼きながら夏樹は、もう二度と実物を見ることはかなわない兄の遺影を見つめ続けた。

葬儀のあとに何をせねばならないか。夏樹はまったく、把握していなかった。

相続の手続きをする必要があるとはわかっていたが、何をどうすればいいのか、見当がつかない。

そうこうしているうちに口座を凍結する旨銀行から連絡が入り、慌てて公共料金の支払いを自分の口座に変更した。

契約している不動産会社にも連絡を入れ、契約者変更の手続きを進める。

実印が必要となったが、冬樹はどうやら銀行の貸金庫に預けていたことがわかり銀行に向かうと、名義変更のためには種々手続きがいることがわかり、途方に暮れる。

相続者が自分しかいないという証明のために数世代前に遡る戸籍謄本を取り寄せよと言われても、取り寄せ方がまずわからない。

そこから調べるのは大変だ、と頭を抱えていた夏樹に、救いの手を差し伸べてくれたのは東雲だった。

「あらゆることに通じていて、顔も広い知り合いがいる。紹介するから任せてみたらどうだ？」

会社帰り、状況を気にして家に立ち寄ってくれた彼にそう言われ、心底ありがたい、と思いながらも夏樹は、

「そんな知り合い、お前にいたのか？」

長年の付き合いだが、聞いたことがなかった、と目を見開いた。

「あれ？　話題にしたこと、なかったかな？」

東雲が逆に驚いてみせる。

「大学時代、古武道のサークルに入っていたんだが、ＯＢになんていうのか……独特な人がいてね。ともかく、なんでもできるんだ」

「なんでも？」

「ああ。医師免許も持っていれば司法試験にも受かっている。できないことがないんだ。しかも代々地主で働かなくても生きていける。住んでいるのは渋谷区は松濤。二百坪とか三百坪とかの大豪邸だ」

「地主でもウチとはレベルが違うな」

松濤か、と夏樹が感心するのに、

「まあ、俺から見たらどっちも羨ましいけどな」

と東雲は苦笑し、言葉を続けた。

「才さんなら——ああ、そのひと、才さんっていうんだ。神野才。明日にでも松濤に行ってみないか？　相続から何から、任せて安心だから」

「……ありがとう。お願いしたいよ」

何から手をつけていいのかすらわからない状態だった夏樹にとって、東雲の提案は渡りに船だった。

「早速、連絡を入れるよ」

「助かるよ」

よかった、と安堵する夏樹に、

「あ……ええと」

と東雲が、ふと我に返った顔になる。

「どうした？」

「いや。ちょっと驚くかもしれないが、信用はできる人だから」

「？」

言いづらそうに東雲が告げた言葉が気になり、夏樹は首を傾げた。

「先入観を与えるのはよくないな。うん。今の言葉は忘れてくれ」

それを見て東雲が慌てた様子で言葉を足す。

「なに?」

「なんでもないよ」

気になったので夏樹は何度も問いかけたが、東雲は終始『なんでもない』で通し、それ以上の情報を与えようとしなかった。

「ああ、明日、オッケーだって」

その間にメールをしたようで、東雲が明るい声を上げる。

「一緒に行くよ。夜、七時に渋谷でいいかな?」

「わかった。お前は七時で大丈夫か?」

随分と忙しそうにしていることがわかっていたので夏樹は東雲に問うたのだが、

「大丈夫」

と頷かれて終わってしまった。

一連のことに片が付いたら、改めて礼をすることにしよう。食事でも旅行でも、彼が望むことをしたい。

感謝の念を抱きつつ夏樹は、

「明日、よろしく頼むな」

と改めて頭を下げたのだったが、翌日、今までの人生で出会ったこともないような特徴的な人物との邂逅(かいこう)を果たすことになろうとは、このときの彼に予測できるはずもなかった。

2

翌日、夜七時に渋谷駅で東雲と待ち合わせをした夏樹は、既に到着していた彼の先導で松濤のお屋敷街へと向かった。

「凄いな」

インターホンを押すと自動で開く門を前に、夏樹はほとほと感心していた。

夏樹の自宅の門は経年劣化で、開け閉めに手間がかかるようになっている。やはり同じ『地主』でもレベルが違うな、と思いながら門内に入った夏樹だったが、かなり離れたところにある玄関前に佇む（たたず）ミニスカートの女性に気づき、違う意味で凄い、と思わず声を上げかけた。

膝上三十センチのタイトスカート。すらりとした脚がこれでもかというほど露（あら）わになっている。

明かりの下に立っているので顔立ちが整っていることが遠目にもわかる。近づくにつれ滅多に見ないほどの美少女だということもわかり、益々（ますます）注目してしまった。

「東雲さん」

お互い顔の判別がしっかりつくような距離となってから、美少女が東雲の名を呼ぶ。

「こんばんは、愛君」

「こんばんは」

東雲が挨拶をすると美少女もまた挨拶を返したが、思いの外ハスキーボイスだなと夏樹は彼女の顔を尚もまじまじと見てしまった。

「才さんがお待ちです。あまり興味はなさそうでしたが」

「はは。確かに才さん好みの依頼ではないよね」

そして毒舌。敢えて知らせてくるその意図は、とつい目を見開いた夏樹に、美少女の――『愛』という名らしい彼女の視線が移る。

「あ、こんばんは」

ゆらめく眼差し。引き込まれそうだ、と心持ち身体を引きつつ、夏樹は彼女に頭を下げた。

「こんばんは」

唇の端をくい、と上げたのは微笑なのか。単に顔を歪めただけなのか。微妙な表情を浮かべた美少女は夏樹から視線をすっと逸らすと、

「どうぞ」

とドアを開き、二人を中へと導いた。

「最近、才さんは何に興味を持ってるの?」

美少女の背中に東雲が問いかける。

「少し前は『夢』でした。今は特にないようですけど」

美少女がちらと肩越しに東雲を振り返り、答える。随分と愛想がないと夏樹は感じたが、東雲はまるで気にする様子はなく、

「そうなんだ」

と笑顔で相槌（あいづち）を打っていた。

廊下を暫（しばら）く歩き、奥まった部屋に到着する。

「先生、東雲さんです」

ノックと共に美少女がドアを開く。

「やあ。久し振りだね」

一体何畳あるのだろうという広い部屋で迎えてくれた男の特徴的な外見に、夏樹の目は釘付（くぎづ）けとなった。

身長は百八十センチをゆうに超えている。市井（しせい）ではあまり見ない艶（つや）やかな黒髪のオールバック。頭が小さく足が長い、まさにモデル体型のその顔は、二十代にも四十代にも見える、年齢不詳の男である。

成人男子にしては大きな瞳。高い鼻梁（びりょう）。形のいい唇。美形、という表現がこの上なく相応（ふさわ）しい顔だった。

気づけば無遠慮に顔を凝視していたことに夏樹が気づいたのは、相手の視線が自分へと移

ったときだった。

「そちらがメールにあった君の友達？　八代夏樹君、だっけ？」

「あ……」

名を呼ばれ、我に返った夏樹は、

「し、失礼しました」

と慌てて頭を下げ、自己紹介を始めた。

「八代です。このたびはお忙しいところ、お手数おかけし申し訳ありません」

「はは。まだ何もしていないよ」

深く頭を下げた夏樹の耳に、朗らかな男の声が響く。

「よろしく。神野才だ。神はゴッド、才は才能の才、なんて自分で言うと、逆に信用をなくすかな」

苦笑してみせた彼の——才の顔はやはり見惚(みと)れずにはいられない、と、夏樹はついまた、その顔に注目してしまっていた。

「視姦(しかん)っていうんですよ、そういうの」

と、呆(あき)れた口調のハスキーボイスが聞こえ、はっとする。

「す、すみません」

頬(ほお)に血が上ってくるのがわかる。美少女が言う『しかん』に漢字が当てはまったとき、凄

いことを言うと驚くと同時に、不躾この上なかった、と反省し、謝罪する。

「見られるのは慣れているから大丈夫」

ふっと笑い、才が夏樹の肩を叩く。

「まずはお兄さんのこと。お悔やみ申し上げるよ。しかし相続の手続きで忙殺されるというのは、悲しみを感じる間もなくてある意味、いいことかもしれないね」

「……ありがとうございます。本当に……」

確かに、ここ数日、悲しみに浸る間もなかった、と頷いた夏樹の耳に、ハスキーボイスの毒舌が届く。

「単純ですね」

「こら、愛君。失礼じゃないか」

才が愛を睨む。が、彼の顔には笑みがあった。

「どうした？　今日は随分と絡むね。さては好みのタイプだな」

「よく言いますよ。先生の好みでしょう？」

それを聞き、美少女はつんとそっぽを向くと、

「飲み物、お持ちします」

と部屋を出ていった。

「しまった。図星だったか」

　バタンとドアが閉まったあと才が肩を竦め、夏樹を見る。

「愛君にヘソを曲げられると、ちょっと面倒臭いんだよね。彼、ちょっと根に持つタイプだから」

「え？　彼？」

　聞き流しそうになったが、驚きから夏樹はつい、声を上げてしまった。

「あれ？　気づいていなかった？」

　才が逆に驚いた顔になる。

「はい。脚の綺麗な女の子だとばかり……」

　言われてみれば声はハスキーだし胸もまったくなかった。しかしそれにしても驚いた、と思わず溜め息を漏らした夏樹に、

「自慢の脚を褒められたと知れば、愛君の機嫌も直るかな」

と、才が笑いかけてきたそのとき、再びドアが開き、愛がシャンパングラスの載った盆を手に入ってきた。

「僕はそんな単純じゃありませんから」

　まだ彼の機嫌は直っていないらしく、つんと澄ましたまま、テーブルにグラスを置くと、足早に部屋を出ていった。

「…………」

部屋を出しなに、ちらと視線を送られた気がして夏樹は彼を見たが、そのときにはドアの向こうに愛の姿は消えていた。

「機嫌、直ってないですねえ」

やれやれ、というように東雲が溜め息をつきつつ才へと視線を送る。

「いや、あれで直っているんだ。スパークリングじゃなくシャンパンを持って来たからね」

才は笑ってそう言うとグラスを手に取り、夏樹と東雲にも勧めてきた。

「車じゃないよね？」

「はい」

「ならよかった」

東雲に確認を取ったあと、才が二人に向かい順番にグラスを翳してみせる。

「それじゃ、乾杯」

「何にです？」

東雲が笑って問うと才は、

「八代君の安眠に、かな」

と夏樹に向かって再度グラスを翳してみせた。

「明日にも知り合いの司法書士を差し向けるよ。税理士や必要なら弁護士、行政書士もね。遺産相続のエキスパートを送り込むから、八代君、どうか安心してくれ」

「ありがとうございます。助かります」

夏樹もグラスを手に取り、才に対して頭を下げた。

「才さんの好みの依頼じゃなくてすみません」

東雲が冗談めかして笑うのに、

「それも愛君だな」

と才もまた笑い返す。

「最近、立て続けにちょっと変わった依頼があっただけさ。それも好みかとなると……まあ、退屈ではなかったけれども」

「それじゃあ、どういう依頼が『好み』なんです?」

「東雲君、突っ込むね」

才は苦笑したものの、はぐらかすことはせずに、

「そうだなあ」

とグラスを傾けながら考える素振(そぶ)りをする。

「恋愛相談?」

「人の恋に興味はないなあ」

「犯罪絡み?」

「警察に行きなさいと言うよ、普通にね」

最早二人が交わしているのは雑談だ、と、やり取りを聞いて夏樹は思わず笑ってしまった。

「才さん、昔、謎解きに凝っていた時期があったじゃないですか。てっきりミステリーっぽいのが好みかと思いましたよ」

どうやら東雲のほうは冗談ではなく、本気で好みを探っていたようである。しつこく食い下がる彼に才が苦笑しつつ答えを返す。

「ミステリーは好きだし、謎解きも好きだよ。『正解』に辿り着けないでいる人をサポートするのが好きなんだ。但し、犯罪に関係しないものに限るけれども」

「要は人助けが好きと、そういうことですね」

綺麗にまとめようとする東雲に、才がにっこり笑って頷く。

「ああ。だから八代君の依頼も『好み』だよ。君の助けになりたいから」

「あ、ありがとうございます」

不意に話を振られ、夏樹は慌てて頭を下げた。

「はは。愛君じゃないが、才さんに気に入られたな、夏樹」

東雲がすかさず揶揄してくる。と、そのときドアが開き、愛がクーラーで冷やしたボトルを手に入ってきた。

「愛君、八代君が君の脚を褒めていたよ」

才がそう声をかけると、愛は相変わらずつんとしたまま、

「ですからわかっています」

と言い、じろ、と夏樹を睨んだ。

「……っ」

睨まれる理由は、と身じろいだ夏樹からすっと視線を逸らすと愛がその『理由』を口にする。

「舐めるように見られましたから」

「す、すみませんでした」

確かに『舐めるように』見てしまった、と詫びた夏樹を一瞥すると、愛はつんけんしたまま再び部屋を出ていった。

「俺が怒らせていたんですね」

今更気づくとは、と反省していた夏樹に、東雲と才、二人して、

「それはない」

「あれはかまってほしいんだよ」

と否定の言葉を口にする。

「……そうでしょうか……」

納得できないでいた夏樹に、才が笑いながらこう告げた。

「失礼を承知で言うけれど、君、もてないでしょう?」

「えっ」

予想外の言葉に夏樹は息を呑んだ。が、まったくもってそのとおりだったため、

「はい」

と素直に頷く。

「失礼なことを言ってごめん。でも怒らないなんて、いい子だね」

才が感心した顔になる。

「いい子ではないと思うんですが……」

『子』という年齢でもないし、と首を傾げた夏樹に対して才が言葉を続ける。

「それだけのビジュアルに加えて性格もいいのだから、もてないはずはないんだ。単に気づいていないんだよ。自分に好意を寄せる相手に」

「実際はモテていると、そういうことですよね？」

横から東雲が確認を取る。

「そう」

「それはないよ」

才は頷いたが、夏樹は納得できず、東雲のほうに言い返した。

「俺がモテないって、長年一緒にいるお前が一番わかってるよな？　お前はモテるけれども」

「大学時代は知らないよ。あと、フランスでも。どうだった？」

にやにや笑いながら東雲が問うてくる。絶対に『モテなかった』という答えがわかっているからだろうと思うと、『モテた』と言ってやりたくなったが、嘘は空しい、と夏樹は渋々真実を答えた。

「何もないよ」

「まあ、気づかなかったのは、八代君側も興味がなかったということなんだろう。たいていの場合、八代君がアプローチすれば相手も好意を抱いていると思うよ」

才がそう言い、シャンパンを既に空いていた自分と東雲のグラスに注いだが、夏樹は、無責任なことを言うとしか思えなかった。

別に女嫌いというわけではないが、夏樹はこと恋愛に関しては実に淡白だと自覚はしていた。今までの人生、付き合った女性は数名いたが、これという修羅場のないまま、なんとなく疎遠になり別れる、というパターンが多かった。

勉強が忙しくなったり、仕事が忙しくなったりすると、どうしても気持ちがそちらへと向いてしまい、彼女へのフォローに手が回らなくなる。それで別れる、という繰り返しで、今、付き合っている女性はいなかった。

そういえば兄はどうだったのだろう。

ふと、その考えが夏樹の頭に浮かんだ。

身体が弱かった兄は、高校や大学にも通わず、通信制という選択をしていた。夏樹がフランスに行く前は、兄が他人と出会う機会はほぼ皆無といってよかったが、おそらくその後も状況に変化はなかっただろう。

兄との会話で、女性に絡むものはなかった。自覚はしていなかったが、もしかしたら出会いのチャンスがない兄に対して、女性関係の話題を出すのを遠慮していたのかもしれないな、と夏樹は今更のことに気づき、なんともいえない気持ちに陥った。

二十八年間の兄の人生は果たして、本人にとって幸せと感じられるものだっただろうか。

幸せの概念は個人個人によって違う。兄が幸福だと感じてくれていればいい、と願う夏樹の耳に、達観したような才の声が響く。

「人は人。己は己。そういうことだよね」

「………………」

どんな話の流れで出た言葉か。まるで心を読まれたようなタイミングで告げられたその言葉に夏樹は驚き、つい、才を凝視してしまった。

視線に気づいた才は、にっこりと、黒い瞳を細めて微笑むと、

「シャンパンのおかわりは？」

とボトルを差し出してくる。

「……ありがとうございます……」

不思議な人だ。

今、夏樹の中で才への興味が膨らみつつあった。が、この人は危うい気がするという警鐘もまた、心の中で鳴っていた。

「まあ、今夜はゆっくり眠るといい」

酔っ払って、と才が笑顔でシャンパンを注いでくれる。

確かに熟睡できそうな気がする。微笑み、頷いた夏樹の肩を、東雲がぽんと叩く。

「酔っ払ったら今日は俺が送るよ」

「ありがとう」

思えば東雲には何から何まで世話になりっぱなしだ。申し訳ないにもほどがある、と夏樹は心の中で彼に詫びた。

何か、感謝を伝えたい。照れくさいけれども。

兄の訃報が届いたその日から、悲しみと共にやらねばならないことに追い詰められ続けてきた。

『やらねばならない』のはわかるが、何をどうすればいいのかがわからない。それが苦痛だった、と、ここ数日の自分を振り返った夏樹の口から、気づかぬうちに溜め息が漏れていた。

明日からは指針が生まれる。それだけでも精神的に楽になる。兄の死を純粋に悲しむ時間もできよう。

兄の死を——。

シャンパングラスを呷る夏樹の脳裏に、兄、冬樹の儚げな笑顔が蘇る。ここ数日、兄の笑顔をこうして思い返すこともなかった、と改めてこの世でたった一人の肉親であった兄へと思いを馳せる夏樹の顔には、この上なくやるせない表情が宿っていた。

才の家を訪れたその翌日には、才の紹介という司法書士と税理士が夏樹のもとを訪れ、相続に必要な手続きについて懇切丁寧に説明をしてくれた。

必要書類の手配もまた委任状があればできるとのことだったのでほぼ任せたおかげで、夏樹はようやく日常生活を取り戻すことができたのだった。

この分だと忌引きあけの明後日には出社できそうだ、と準備を進めていた夏樹だったが、司法書士から、所有する不動産の土地権利書の在処を聞かれ、途方に暮れることとなった。

そうした管理は兄に任せていたので、どこにあるのかわからない。貸金庫か、とも考えたが、ようやく名義変更ができたその中に、土地の権利書は入っていなかった。

となると家の中にあるはずだが、さっぱり見当がつかない。なくても手続きができないことはないが、家の中にあるのだとしたら探してもらえないかと言われ、確かに探すのに困難と思えるような広さではない、と夏樹は司法書士からの要請を受け入れた。

兄はどこに何をしまっていたか。そうした話題はまったくしていなかったので、まるでわからない。

兄の部屋を探すのには少し罪悪感を覚えたが、必要に迫られているのだからと己に言い訳をしつつ、まずは私室から探し始めた。

仕事机の引き出しには文房具くらいしか入っていない。不動産関係は、キャビネットの中に契約している不動産会社から提出された書類や収支がわかる明細が入っていたが、土地の権利書はなかった。

私室の書類を保管してある場所を探したが見当たらなかったので、両親の部屋だったところやリビングも探したが、やはり見つけることができなかった。

となるとやはり兄の部屋か、と戻ろうとしたとき、インターホンが鳴った。

「はい」

誰が訪れたのか、予測しつつ応対に出る。

『俺だ』

予想どおり、インターホンを押したのは東雲だった。接待や長時間の残業がない限り、毎日会社帰りに寄ってくれる彼の気遣いをありがたいと思いつつ、夏樹は、

「今、鍵を開けるよ」

と玄関へと向かった。

「メシ、食ったか？　これ王将の餃子」

「ありがとう。まだだ。あ、ビール飲まないか？」

「飲む。お前の家はビールだけはあるよな」

いつものように軽口を叩き合いながらリビングダイニングで缶ビールで乾杯する。

「土地の権利書？」

「ああ。兄さんがどこにしまっていたかがわからない」

「銀行の貸金庫は？」

「入っていなかった。なので家の中にはありそうなんだけど……」

「泥棒避けに意外な場所にしまっていたのかもな」

『意外な場所』を探してみよう、と二人はビールを飲み終えると冬樹の部屋へと向かった。

「机の引き出しには何もなかった」

「自分ならどこに保管するかを考えよう。泥棒に狙われないようにとなると……どこだ？」

それから夏樹は東雲と共に、兄の部屋をくまなく探し始めた。

もし泥棒に入られたにしても、見つけることができないであろう場所。それはどこなのか、と探しているうちに、ウォークインクロゼット内の服の下、鍵のかかった小さなキャビネットがあることに夏樹は気づいた。

「……ここか？」

書類を収めるには少し大きい気がするが、施錠されているのが気になる。鍵はどこにあるのか。

「鍵の作りはちゃちっぽいな。ドライバー一本で壊せそうだ」

どうする？　と問うてきた東雲に、

「ドライバー、取ってくる」

と答え、夏樹は大工道具が収めてある場所へと向かった。

「これでいいか？」

「ああ、余裕だろう」

夏樹の渡したマイナスドライバーを手に、東雲がニッと笑ってみせる。

「しかし余裕なだけに、ここにはなさそうな気がするよ」

言いながら東雲がドライバーを鍵穴に突っ込み、数度上下させる。

カチャ。

そのうちに微かな音が響き、鍵が外れたことを夏樹は悟った。

「お前、凄いな」

そのスキル、と感心してみせた夏樹に、

「ちゃちい作りってだけだよ」

と東雲が苦笑する。

「前に家のキャビネットの鍵をなくしてさ、試しにドライバーを突っ込んでみたら開いたから、これもいけるかなと思ったんだ」

開けるぞ、と東雲が夏樹に声をかける。

「ああ」

先程彼も言っていたが、こうも簡単に開く引き出しには、大切なものは入れないかもしれない。とはいえ兄はドライバー一本で開けられることを知らなかったかもしれないが。

そんなことを考えていた夏樹の傍(そば)で、東雲が引き出しを開く。

「……え？」

中が見えた瞬間、夏樹が思わず声を漏らしたのは、自分の見たものが信じられなかったからだった。

『そんなものが入っているわけがない』

頭の中に己の声がガンガンと響く。

「………………」

引き出しを開けた東雲の動きも止まっており、彼もまた声を発していない。そのことにも気づかずにいるほど、夏樹は今、衝撃を覚えていた。

中に入っていたのは——色とりどりの小さな物体。ぐちゃぐちゃと電気コードが絡み合っている。

インパクトのある見た目。ピンク色をしたその物体の形はどう見ても、男性器そのものだった。

「こ……れは……」

雑誌や映像では見たことがある。が、実物を目にするのは、夏樹は初めてだった。

兄の部屋のクロゼットの、鍵のかかった引き出しの中に入っていたのはバイブやローターなどの所謂、性的玩具で、何が起こっているのか咄嗟には理解できず、夏樹はただ呆然と、引き出しから溢れんばかりのそれらの玩具を見つめてしまっていた。

3

ひとまず落ち着こう、と、夏樹は東雲と共に、兄の部屋を出てダイニングへと戻った。

「飲むか？」

東雲に手渡されたビールを受け取り、ごくごくと一気に飲み干す。東雲もまたビールを呷っていたが、ちらと自分を見た彼の目の中には、今まで夏樹が見たことのない感情の色があった。

戸惑い——だけではない。嫌悪か。はたまた侮蔑(ぶべつ)か。ぼんやりとそんなことを考えていた夏樹の脳裏に、今見たばかりの兄の引き出しの中の映像が蘇る。

まさか兄が性的玩具を、しかもああも大量に隠していたとは。兄がそんな趣味だか嗜好だかを持っていたことを夏樹はまったく知らなかった。

兄とは恋愛ごとの話も、性的な話もしたことがなかった事実に、夏樹は改めて気づいていた。

家を出ない兄には、恋人はいないものと思い込んでいたが、実際はいたということだろうか。兄は恋人にあの道具を使っていたのか？

清の話では、彼女が来る日に、兄には来客はなかったということだった。しかし自分が兄であっても、鉢合わせは避けるだろうから、彼女の来ない日に家に呼ぶ、もしくは外出していたのかもしれない。

しかし――。

ああした性具を使っていたということは、兄の男性機能は働かなかったのか。いや、単なる趣味ということもあるし、恋人のリクエストだったかもしれない。

次第に落ち着きを取り戻してきた夏樹は、缶ビールをテーブルに置くと立ち上がった。

「夏樹？」

再び兄の部屋に向かおうとした夏樹に、東雲が声をかけてくる。

「引き出しの中をちゃんと見ていなかったから。引き出しは二段になっていたし、土地権利書がないか調べてくる」

「……そうか」

東雲はバツの悪そうな表情となっており、自分も行く、とは言わなかった。それはそうだろうと思いながら夏樹は再び兄、冬樹の部屋へと向かい、開け放しにしていたクロゼットの扉の中を覗き込んだ。

キャビネットの引き出しを閉めた記憶はない。が、閉まっていたのはおそらく、東雲が見かねて閉じてくれたのだろう。

再び引き出しを開けた夏樹の目に、雑然と入れられている性的玩具が映る。

「………」

見間違い――のわけはないが、やはり信じられない、と夏樹は暫く引き出しの中を見つめたあと、中を確かめるために一旦それらをすべて外に出してみることにした。

一体いくつあるのだろう。バイブとローター、乳首に装着するクリップ。何に使うかわからない器具もある。

几帳面な兄とは思えない、乱雑な入れ方だった。コードも絡み合ってしまっている。

これらは本当に兄のものなのか。とても信じがたい。が、それなら誰のものかという話になる。

一段目の引き出しには性的玩具以外は何も入っていなかった。それらを中に戻してから二段目は、と引き出してみた夏樹の目に、見たこともないような形の、やはり性的玩具と思しきプラスチックの器具と共に、小型のビデオカメラが飛び込んでくる。

「………」

まさか。

手に取るのを夏樹が一瞬躊躇ったのは、兄が何を撮っていたかを推察したためだった。

性的玩具と一緒に入れていることは兄がこれを誰かに『使っている』ときの映像が録画されている可能性が高い。

観てもいいのか。施錠された引き出しの中に入っていたものだ。他人に観られないために兄は鍵をかけたのだろう。

キャビネットの引き出しは二段で、一段目は性的玩具のみ、二段目にはビデオと妙な器具、それにローションのボトルくらいしか入っていなかった。探していたものはなかったのだから、引き出しを閉めて終わればいいだけだ。

頷き、ビデオを引き出しに戻そうとしたとき、

「夏樹？」

という声が背後で響き、夏樹は、はっとし、声のほうを見た。

「ビデオ？」

そこにいたのは東雲で、夏樹の手元を見て眉を顰めている。

「ああ。二段目の引き出しに入っていたんだ」

「何が映っていた？」

東雲に問われ、夏樹は首を横に振った。

「観ていない。なんだか……」

躊躇われて、と俯いた夏樹に東雲が尚も声をかけてくる。

「俺がかわりに観ようか？」

「え？」

思いもかけない提案だったため、夏樹の声が高くなった。

「いや、身内なだけに逆に観づらいんじゃないかと思ったんだよ」

東雲が言いづらそうにしつつそう告げたのを聞き、夏樹は彼もまた、ビデオに映っている映像はこれらの玩具絡みと思っているのだと悟った。

「……いや、自分で見るよ」

兄のプライバシーを侵食するのは気が引ける。だが映っているのが兄の恋人であった場合、彼女に訃報を知らせねばと、夏樹はそう思い直したのだった。

恋人以外にこうした玩具を用いる相手はいないだろう。告別式から数日経った今、家に兄を訪ねてくる人間は誰もいなかった。

電話がかかってくることもない。誰一人として亡くなった兄のもとを訪れないという現況に、夏樹はやりきれなさを感じていた。

映像の顔を見ただけで、兄の恋人がどこの誰と特定することは難しいかもしれない。だが、見ないことには特定できるもできないも答えは出ない。

恋人には兄の死を知らせたい。

いや、知らせたい——というより、兄の恋人に兄のことを聞きたい、という願望のほうが強いかもしれない。

性的な話題を生前の兄としたことは、一度もなかった。したかったというわけではないが、兄はそうしたことを超越していると思い込んでいた自分に夏樹は驚いていたのだった。

自分に性欲があるように、兄にもあったはずだ。なぜそれを思いつかなかったのだろう。

兄は恋人にとってどういう存在だったかということもまた、聞いてみたい。夏樹は一人頷くと、ビデオカメラを操作し、まず液晶画面で再生を試みることにした。

充電がまだかなり残っているところをみると、最近まで使っていたものと思われる。果たしてどんな女性が映っているのか。きわどい画像だったらさすがに観るのをやめよう。

性的玩具と一緒に入っていたということは『きわどい』可能性は高そうだが。そう思いながら再生ボタンを押した夏樹は、いきなり流れ始めた映像と声に驚いたあまり、ビデオカメラを取り落としそうになってしまった。

『あぁ……っ……あっ……あっあっあっアーッ』

高い音量で聞こえてきたのは切羽詰(せっぱつ)まった喘(あえ)ぎだったが、その声は女性のものではなかった。

声の主は画面いっぱいに顔が映っている兄――冬樹に違いなかった。

しかし――しかし。

映像は顔のアップだったが、やがてレンズが舐めるように顔から仰向(あおむ)けに横たわっている身体へと下りていく。

兄は全裸だった。一糸纏(まと)わぬ姿だったが、衣服ではないものを身につけていた。

『むね……っ……あぁ……っ……むね、いた……っ』

身を捩ると白い胸板が露わになり、乳首に黒いゴムで覆われた金属のクリップが装着されているのがわかる。先にチェーンでついている錘が、兄が身悶えるたびに激しく揺れ、チャリチャリとチェーンが揺れる音が兄の高い喘ぎの向こうで聞こえていた。

『とって……っ……ねえ、とって……っ』

今、映像は兄がカメラに向かって突き出している胸の、クリップをつけられたせいで真っ赤に色づいている乳首のアップで、兄がどんな表情を浮かべているかはわからない。

『言うこと聞くから……っ……ほら……っ』

兄の声に促されるかのように、カメラが少し引きの映像となり、全身が映し出された。

「……っ」

夏樹が思わず息を呑んだのは、兄が小さな画面の中、カメラに向かって自ら大きく脚を開いた状態で腰を上げ、己の指で後孔を広げてみせたためだった。

『じぶんで……っ……挿れればいいでしょう？　やるから……っ……ちゃんと、やるからぁ』

再びカメラの焦点が絞られ、兄が広げてみせたそこが大写しとなる。続いて、ウィン、という振動音と共に画面に映り込んできたものを見て、夏樹は耐えられず停止ボタンを押してしまった。

「…………こ……れは……」

呟くつもりのなかった言葉が唇から溢れる。

再生を中断した画面に映り込んできたのは――引き出しの中にあったピンク色の男性器を模したバイブだった。

なんということだ。あれらの性具は兄が恋人に使っていたものではなく、兄自身が『使われて』いたものだったとは。

想像すらしていなかった事実を目の前に突きつけられ、夏樹は完全に自分を失ってしまっていた。

「大丈夫か?」

茫然自失状態だった彼に、東雲が遠慮深く声をかけてくる。

「……悪い。一人にしてもらえるか……?」

この状態では自分が何を口走るかわからない。何を言われても腹立ちを覚えるであろうし、当たり散らしてしまう恐れが多分にあった。

「ああ。わかった。またな」

東雲には夏樹の気持ちがよくわかったらしく、短くそう告げると、ポンと肩を叩き、一人部屋を出ていった。やがて彼が玄関のドアを開き、閉める音が微かに響いてくる。

「…………」

本当に何がどうなっているのか。夏樹は手の中の小さなビデオカメラを見下ろし溜め息を漏らした。

夢を見ているとしか思えない。飛び切りの悪夢を。

だが、映像は嘘をつかない。再生ボタンを押せばまた同じものが流れるのがわかっていたため、夏樹は何も映っていない黒い画面をただ見下ろしていた。

整理しよう。一際大きく息を吐き出してから、夏樹は上の引き出しを開き、入っているのが先ほどの映像に映っていたピンク色のバイブや、乳首を挟んでいた錘付きのクリップであることをまず確かめた。

映像の男は本当に兄か。よく似た他人ということはないだろうか。

「…………」

自分の思考ながら、馬鹿げている、と夏樹は頭を振った。顔も、声も兄のものだった。兄の部屋のクロゼットの中、鍵のついた引き出しに仕舞われていたビデオカメラは、兄が撮影したものか、兄が撮影されたもの、普通に考えてそれ以外ないではないか。

わかってはいるが、とても信じられない、と夏樹は再び手の中のビデオカメラを見下ろした。

映像が収められているメディアを取り出す。64GBのこの中に、果たしてどれだけの量の映像が入っているのだろうと、夏樹はカメラを引き出しに戻すと、SDカードを持って自分の部屋へと向かった。

パソコンを立ち上げ、カードをスロットに入れる。

「…………」

メディアは八割ほど利用されていた。映像のファイルを開くことは躊躇われ、撮影、若しくは保存された日時とファイルのサイズを見る。

一年前の日付が最も古いものだった。ファイルの数は多すぎて、すぐには数えられない。一番新しいものは今からひと月ほど前のものであることを確かめたあと夏樹は、パソコンを前に暫し呆然としていた。

映像にはすべて兄が映っているのだろうか。あられもない姿で？　それとも他のものもあるのか。

最初のファイルだけ、観てみよう、とクリックし、映像を再生するソフトを立ち上げる。

『あ……っ。あぁ……っ。んんーっ』

パソコンの画面に映し出されたのは兄の裸体で、夏樹はすぐにファイルを閉じた。

目に入ってしまった兄は全裸で、ベッドの上で大股びらきといった格好をしていた。後ろから何か出ていた気がしたが、確かめるより前に映像を切ってしまった。

次のファイルを観る気にはなかなかなれなかったが、気力を奮い起こして開いてみる。

『いくつ入るか、数えてて』

兄が笑顔でカメラに話しかけている。その手にあるのはピンク色の小さなローターだった。

『スイッチ入れてからのほうがいいかな』

カメラから少し離れて両脚を開き、自身の後ろを覗き込むようにしながら手にしたローターをそのまま――。

「…………」

駄目だ。見るに堪えない。またもファイルを閉じた夏樹の口から深い溜め息が漏れていた。

この分だと映像はすべて兄の、あられもない姿であるに違いない。だからこそ兄は施錠をした引き出しに入れておいたのだ。誰にも見られないようにと。

亡くなったあと、弟の自分に見られることを兄が望むはずがない。このまますべての映像を消し、誰の目にも触れさせないということを、兄は望んでいるに違いない。

夏樹の手がマウスへと向かい、削除するためにすべてのファイルを選ぶ。

冬樹兄さん。ごめん。

プライバシーを暴くことになってしまった。本当に申し訳なかった、と心の中で詫び、デリートボタンを押しかけた夏樹の脳裏に、ふと、疑問が宿った。

あの映像を撮ったのは一体、誰なのだろう。

そうだ。観るまでは撮影者は兄で、引き出し内の性具を装着されている女性が――兄の恋人が映っているとばかり、夏樹は思い込んでいた。

実際、映っていたのも、性具を装着されているのも兄だった。当然ながら撮影者は兄ではない。自撮りかどうかは見ればわかる。兄の身体を舐めるようにレンズは追っていた。自撮りでそんなことができるはずがない。

撮影者と兄の関係は？　恋人――だろうか。恋人以外の関係であんな姿を兄が撮らせるだろうか。

年齢はいくつくらいなのか。印象として映像の兄は甘えているように見えた。ということは年上か。いや、そうとは限らない。

そして――性別は。

女性だろうか。それとも男性だろうか。

映像を観れば、相手が映っているものもあるかもしれない。撮影のみ行っていたにしても、声くらいは拾えるのではないか。

この映像を削除してしまえば、兄の相手が誰であるか、永久にわからなくなる。それでいいのか？　兄の位牌に手を合わせてもらいたくはないか？　兄をあんな目に遭わせていたのだから。

「…………あんな……」

あれは兄が望んだことなのか。望んだからこそ、映像に残っているのか。映像はこのＳＤカードに収められているものだけか。コピーが存在したりしないか。

相手がまっとうな人物ではなかった場合、映像が世間に露出したりしないだろうか。ＡＶ

として売られたら？　亡くなったあとに辱められるような目に遭わせるわけにはいかない。

どうしたらいいのだろう。

結論としては、観て確かめる、それしかないとはわかっていた。が、とても耐えられる気はしない。

とはいえ、誰かに観てもらうというわけにはいかない。どれだけ信頼している相手だとしても、兄のあんな姿を見せたくはない。

夏樹の頭に浮かんでいたのは、親友、東雲の顔だった。

『俺が代わりに観ようか？』

ビデオを観るのを躊躇っていたとき、そう、声をかけてくれた。自分で観ると断ったものの、結果として彼も観てしまったわけだが、とはいえ、自分の代わりを彼に務めてもらおうとはどうしても夏樹には思えなかった。

関係が近すぎるのだ。その上、彼は兄、冬樹とも面識がある。兄を知っている人間に見せたいものではなかった。

甘えたことを考えてはいけない。自分で観るしかないのだ。諦めから溜め息を漏らした夏樹の脳裏にふと、ある人物の顔が浮かんだ。

「……あ……」

彼なら何か、凡人の自分には想像もつかないようなアイデアを思いつくのではないか。

『なんでもできる』という彼であれば――。

夏樹の頭にあったのは、先日、遺産相続関連で非常に世話になった、神野才のにこやかに微笑む顔だった。

相談してみようか。この間、連絡先は交換した。社交辞令ではあろうが、なんでも相談に来ていいよ、と別れ際に言ってもらってはいる。

しかし何をどう相談すればいいのか。そこからして難しい。それを考え始めた時点で夏樹は、才に相談することを決意していたに違いなかった。

結局、夏樹は才の家に電話を入れた。

『はい』

今時、才は携帯電話を所有していないとのことで教えてくれたのは自宅の電話番号だった。応対に出たのは、夏樹の予想どおりの人物かと思われた。

「あの、八代と申します。神野先生はご在宅でいらっしゃいますか?」

きっと『愛』というあの美少年だ。艶めかしい格好をした、とその姿を思い起こしていた夏樹は、彼がいたから才に相談しようと思ったのか、と今更の自身の心理を悟った。

愛の性的指向は同性異性、どちらに向いているかはわからない。だが特徴的なその姿が脳に刻まれていて、それで才を思いついたのだろう。

彼の声を聞いた瞬間、そうと察した夏樹は、電話を握り締めたままその場で立ち尽くしてしまっていた。

『いらっしゃいますけど？』

一方、愛はどこまでもそっけなかった。普通、『在宅か』と問えば、電話を取り次いでくれるものではないかと思う。

「才さんに電話を繋いでほしいんですが」

常識がない、というよりは、おそらく、嫌がらせではないかと考えていたのが伝わったらしい。

『別に繋がないとは言っていません。少々お待ちください』

つんと澄ました顔まで頭に浮かぶ、と夏樹は漏れそうになった溜め息を堪え、

「お願いします」

と電話の向こうには伝わるまいと思いつつも、実際頭を下げた。

保留音が暫く聞こえたあと、ようやく電話が繋がる。

『夏樹君か。こんばんは。どう？　随分落ち着いた？　あと愛君が失礼なこと、しなかった？』

電話の向こうの才の、にこやかに微笑む端整な顔が夏樹の脳裏に浮かぶ。

「いえ、大丈夫です。この度は何から何までお世話になりました。ありがとうございます」

いざ才と話す段になって夏樹は、何をどう説明したらいいのか、まるで思いつかない自分に気づいた。

話をもたせるために、と世話になった礼を言うと、

『わざわざよかったのに』

と会話が終わりそうになる。

『ご丁寧にありがとう。それじゃあ』

「あの……っ」

これで切られては元も子もない。咄嗟に呼び止めてしまった夏樹に、才が問いかけてくる。

『どうしたの？　何か相談ごと？』

「あの……はい」

向こうから聞いてくれて助かった。安堵したのも束の間、才に、

『どういう相談？』

と問われ、言葉に詰まってしまった。

「それが……あの……」

何をどう、相談すればいいのか。兄が思いもかけない性的嗜好をもっていたこと？　その映像が残っているが誰が撮ったかわからない。悪用されないようにするにはどうしたらいいか。それを聞けばいいのか。

自分が何について困っているのか、今この瞬間、夏樹はまるでわからなくなってしまった。

「あの……」

『あの』以外の言葉が出てこない自分に嫌悪を覚える。きっと才も持て余しているに違いない。話すなら話す、やめるならやめると早々に決めたほうがいい。

思えば自分は才のことをほとんど知らない。親友の東雲の紹介で一度会っただけの人物である。東雲は全幅の信頼を寄せていたし、実際、彼に紹介された司法書士や弁護士は実に頼りになった。

多分、相談相手としては間違えていない。ただ、思い切りがつかないだけで。

「あの……」

また『あの』と言ってしまった。唇を噛んだ夏樹の耳に、電話越し、実に頼もしい才の声が響いてきた。

『随分と困っているようだね。電話だと話しづらいというのなら、これから来るかい？』

「い……きます。行きます！　行かせてください！」

躊躇したのは一瞬だった。性具やビデオの説明を口でするのは困難だ。兄について語るときに私情が入り、冷静に説明できなくなる可能性も高い。

やはりそのものを見てもらい、判断を仰ぐのがいいだろう。今、夏樹にとって才との間の電話は五里霧中状態の中、自分の目の前に垂らされた一本の糸、そのものだった。

たどっていくしかない。芥川の『蜘蛛の糸』さながらに。

訪問したい旨を必要以上に高い声で告げてしまったことに、才に苦笑されるまで夏樹は気づいていなかった。

『わかった。待ってるよ。それじゃ、またあとでね』

才が笑って電話を切る。

「…………」

蜘蛛の糸はしっかりと今、摑んだ。糸の先にいる才は、果たして自分が抱えきれずにいる悩みを解決に導いてくれるのだろうか。

導いてくれると思ったからこそ、訪れることを決めたのだろうに、今更自問してどうする、と夏樹は気持ちを切り替えるために、わざと大きく一つ溜め息をつくと、自室を出て再び兄の部屋へと向かった。

ビデオは持っていくにしても、引き出しに溢れている性具すべてを持参するのはどうかと思い、写真を撮ろうとしたのだった。

だがいざ引き出しを開くと、目に飛び込んでくるペニスの形をしたバイブや乳首を挟むクリップなどに、見たばかりの映像を思い起こさせられ、つらい気持ちとなる。

これらはすべて兄の身体に装着されていた。快感を得ているように見えた。こんな。こんな淫らな玩具に兄は蹂躙されていたのか、と、考えたくなくても考えてしまう。

スマートフォンのカメラで撮影したあと、夏樹はすぐさま引き出しを閉じた。

二度と、見たくない。すぐにも捨ててしまいたいが、こうしたものを捨てるのにはどうしたらいいのかと途方に暮れる。

同時に、兄はどのようにしてこれらを取得したのかと、ふと疑問を覚えた。

ネットで買ったのだろうか。兄は、だがクレジットカードを持っていなかったはずだ。代引きとか？　コンビニ支払いとか？

あとで兄の口座を調べてみることにしよう。一人頷くと夏樹は支度をするべく再び自室に戻ることにした。

性具の入ったキャビネットのあるクロゼットの扉を閉めるとき、ふと、兄はどんな顔でこの扉を開き、性具を取り出し、またはしまっていたのか、という思いが夏樹の胸に宿った。

「……ごめん、兄さん」

施錠していたのは隠したいと思っていたからに他ならない。亡くなったあと、兄の秘密を暴いてしまったことに対する罪悪感が、夏樹の胸に今更ひしひしと押し寄せてきた。

何か大義名分が欲しい。手の中にある兄の『秘密』を撮影したスマートフォンを見る夏樹の口から溜め息が漏れる。

その『大義名分』も才に与えてもらえるといい。過大な期待を抱いていることを自覚しつつも夏樹は、なぜか心のどこかで才はその期待に応えてくれるに違いないという根拠のない確信をも抱いていた。

4

松濤に到着したときには、時計の針はすでに二十二時を回っていた。

そう親しくない他人の家を訪問する時間ではない。だが才は来いと言ってくれたのだから、失礼ということはないだろう。

しまった。手土産(てみやげ)の一つも買うべきだったかと後悔するも、この時間に開いている店はなく、仕方なく手ぶらで夏樹は才の家に向かったのだった。

自動式の門のインターホンを押すと、ガサガサッとマイクの繋がる音がした直後、扉が開いた。

中に入ると、明かりに照らされた玄関ポーチに佇む人影が目に飛び込んでくる。遠目にもわかるミニスカート姿から、立っているのは愛であると推察できた。

今夜もまた、嫌みをさんざん言われることになるのだろう。覚悟しつつ近づいていくと、予想に反し愛は、

「いらっしゃいませ」

と軽く頭を下げ、くるっとドアのほうを振り返った。それから彼は一言も喋(しゃべ)ることなく、

才のもとへと案内してくれた。

何も言われないと逆に気になる。それで夏樹は何度か話しかけようとしたのだが、愛が全身で拒絶しているのがわかったために、敢えて嫌がることはすまい、と無言を貫いた。

「こちらです」

愛が、つんとしたまま、以前才と対面した部屋のドアを開く。

「やあ、夏樹君。電話をありがとう。どうやら物凄く悩んでいるみたいだね。愛君、迷える子羊のために極上のシャンパンをお願いできるかな？」

「先生、泊まりは勘弁してくださいね」

実に険のある言い方をした愛が、じろ、と才と、そしてなぜか夏樹をも睨んだあとに、ふい、とそっぽを向き部屋を出ていった。

「あはは、愛君はツンデレでね。ああした態度をとるときは百パーセント、相手が気に入った証拠なんだよ」

実に楽しそうに笑った才が、夏樹に椅子を勧める。

「ありがとうございます……？」

今言われたことの意味が今一つわからず、首を傾げつつ頷いた夏樹を見て、才は楽しげに笑うと、

「君は何も気にする必要はないってことだよ。それで？　何があったの？」

そう言い、にっこりと微笑んで寄越した。

「あの……」

話すために来たというのに、どうにも切り出しかねていた夏樹に、才が笑顔で言葉を続ける。

「もしかして、お兄さん絡み？　一人では抱えられない何かがあった？」

「……どうしてわかるんですか」

言うはずのなかった言葉が、夏樹の口から溢れる。

「まあ、このタイミングでの依頼だと、それ以外には考えられないってだけだよ」

一方、対する才は、実に飄々（ひょうひょう）としていた。

「何か新たな問題が発生したのかな？　相続とは関係なく」

「……はい」

何をどう、説明すればいいのか。夏樹が途方に暮れていることも才は見抜いているのか、次々と問いを発してくれる。

「お兄さんの秘密を知ってしまった？」

「…………はい」

秘密——兄にとってはやはり、暴かれたくないものだっただろう。ビデオがなければ夏樹も、『見なかった』ことにできたかもしれない。

しかし、と夏樹はいつしか伏せていた顔を上げ、才を真っ直ぐに見つめた。

「…………」

才もまた真っ直ぐに視線を受け止めてくれた上で、にっこりと微笑んで寄越す。

「あの……」

いよいよ切り出そう、と夏樹が決意を固めたところでドアがノックされ、

「失礼します」

と愛がフルートグラスを盆に載せ、部屋に入ってきた。

「口を滑らかにするには酒の力を借りたほうがいいって？　ふふ、愛君、気が利くね」

グラスを夏樹の前に置く愛に才が声をかける。今日も愛は襟ぐりが深く開いたVネックのニットを着用していたため、屈み込んだときに彼の白い胸が際どいところまで夏樹の目に飛び込んできた。

「……っ」

途端に夏樹の脳裏に、ビデオに映っていた兄の、クリップで乳首を挟まれた白い胸が蘇り、思わず息を呑む。

「なんです？」

わかりやすいくらいに勢いよく顔を背けたからだろう、愛が不快そうな目で夏樹を見下ろしてきた。

「あ、すみません。違うんです」

その姿に嫌悪を覚えたわけではないのだ、と夏樹は慌ててそれを伝えようとした。が、愛はまた、ふいとそっぽを向き、フルートグラスを才の前に置くと、不機嫌な顔のまま部屋を出ようとした。

「何が『違う』か、聞かないでいいのかい？」

その背に才が声をかける。

「興味ありません」

しかし愛は、取りつく島がないといった愛想のなさで言い放つと、乱暴にドアを閉め出ていってしまった。

「申し訳ありません」

失礼なことをしてしまった、と夏樹は愛のあとを追おうか、と、ドアを見やった。

「大丈夫。きっとドアの向こうで聞き耳を立てているだろうから」

そんな夏樹に才が笑いながら告げると、勢いよくドアが開き、先ほどより険しい表情をした愛がつかつかと部屋の中に入ってきた。

「先生、人を立ち聞きの常習犯みたいに言うのはやめてください」

「あはは、実際、していたじゃない」

才は楽し気に笑うと、視線を夏樹へと向けてきた。

「愛君にも聞いてもらおう。どうせ立ち聞きされるんだから」

「しません」

愛が即答するも、既に才は彼の言葉を聞いていなかった。

「それで？　お兄さんがどうしたの？　なぜ、愛君を見て拒絶反応を見せたのかな？」

「……拒絶だなんて……」

そういうわけではなかった、と言い返しながら夏樹は、才に相談を持ち掛けてよかったのかと今更の後悔をしていた。

愛を簡単に同席させたが、この調子で他人に喋られたら、と、それが心配になったのである。

「女装していたんじゃないの？」

と、愛が吐き捨てるようにそう言ったあと、キッと夏樹を睨んできた。

「どうやらその人、僕がいると喋らなそうなので、部屋、出ますよ」

「大丈夫。愛君は口が堅いよ。僕同様に。この家で話したことはどこにも漏れはしない。だからこそ皆、相談を持ち込んでくるんだ。とはいえ信頼の強要はできないから、君が話したくないというのならそれでもかまわない。シャンパンを飲んで、気持ちが落ち着いたら帰る。その間、馬鹿話でもしようか」

「先生、どうしてそうも気を遣われるんです？　お身内が亡くなったからですか？」

愛の声が尖るのを、才が、

「こら」

と苦笑し窘める。

「……すみません……」

相談したいと、こんな夜遅くに訪れた自分を歓待してくれた才に対し、信用しないというのはやはり相当失礼にあたる。東雲も才には全幅の信頼を寄せているようだったし、何より自分が才に、相談を持ち掛けたいと願ったのではなかったか。

「ようやく話す気になったんだ」

ここでまた愛が嫌みな声を上げたが、どうやらそれは彼なりの気遣いの表れのようだった。

「それで？　お兄さんの秘密って？　女装？」

説明しやすいように問いかけてくれたであろう愛に、夏樹は感謝の念を抱いた。

「いえ。女装ではなく……」

言葉で伝えるのはやはり難しい、と夏樹はスマートフォンを取り出した。

「兄のクロゼットの中の、鍵付きのキャビネットを開けたらこんなものが……」

言いながら家で撮った写真を見せるため、スマートフォンを才に差し出す。

「ほぉ」

才は写真を見て小さく声を上げた。

「…………」

愛が横から覗き込んだあと、無言で肩を竦める。

この程度で相談に来たのかと言いたげな彼の表情を見て、夏樹は勇気を出すことができた。

「二段目の引き出しにはビデオカメラが入っていました。これです」

バッグから取り出し、映像を再生しようとして一瞬、躊躇する。

「貸して」

にっこり、と才が微笑み、夏樹のスマートフォンを差し出してくる。

「……はい」

交換ということだろうと、夏樹は自分のスマホを受け取ると代わりにビデオカメラを手渡した。

「再生ってどうやるの?」

「ここです。モードを替えて……」

才が問うたのは愛だった。愛は迷うことなく再生の仕方を教え、再生ボタンが押された。

『あ……っ……あぁ……っ……いやぁ……っ』

兄の喘ぎ声が聞こえてきたことに耐えられず、夏樹は顔を伏せた。

「なるほど。これがお兄さんの『秘密』というわけか」

才はすぐさま再生を停止してくれたようで、液晶から顔を上げると夏樹に問いかけ始めた。

「それで何を相談したいのかな？　この映像を撮ったのは誰か探したい、とか？」

「はい。そうなんです」

すぐに話が通じたために、夏樹の声は自然と弾んだ。

「恋人じゃないんですか？」

愛はどうも興味を失ったようで、つまらなそうな顔でそう告げるとドアへと向かっていく。

「失礼します。勿論誰にも言いませんからご心配なく」

そう言葉を残し、愛が部屋を出ていく。

「マイペースな子で悪いね」

才が、はい、とビデオカメラを返してくれながら詫びてくる。

「いえ……」

「君は全部観た？」

才の問いはおそらく、『観ていない』という返事を予測したものと思われた。

「……観られませんでした。その……驚いてしまって」

「お兄さんに恋人は？」

観てから来い、と言われても仕方がないであろうに、それを言うことなく才の問いは続く。

「俺の知る限りはいませんでした」

「最近は、ということ？　それとも今までの人生でということ？」

「生まれてからずっとです。一緒に住んでいたので……とはいえ、ここ二年間は離れていましたが」

「フランスで語学研修だっけ。でもその間も没交渉ということはなかったんでしょう？」

「はい。たまに連絡は入れていましたし、兄からも電話やメールが来てました。誕生日とか、あと、不動産の管理についてとか」

「なのに恋人の話題は出なかった。そして亡くなったあとにビデオを見つけた……なるほど」

才は一人頷くと、新たな問いを発してきた。

「弔問にいらした中に、それらしい人はいなかったの？」

「兄の葬儀に参列したのは俺と東雲と、それに家政婦さんだけでした。兄の遺体を発見した……」

「亡くなったことを連絡をした人は？」

「帰国してすぐ葬儀だったので葬儀前には連絡できませんでした。葬儀のあとも、誰に知らせればいいのか、正直わからなくて……」

「まあ、兄弟なんてそんなものだよね」

才がさらりと流してくれたことを、夏樹は心の中で感謝した。

「君が相談に来たのは、この映像のコピーを相手が持っているかもしれないと思ったから？悪用されたら困るという意味で？」

「あ……はい。そうなんです。純粋に、その人に兄の話を聞きたいという気持ちもあるんですが」

「なるほど。しかしそうなると、まずは映像を観ることからだよね」

才の目線が夏樹の手の中にあるビデオカメラに注がれる。

「もしかしたら映っているかもしれない。一人で観るのがつらいなら一緒に観てあげようか？」

「え……っ」

才からのさりげない申し出に、夏樹は一瞬絶句した。

「余計なお世話かな？」

「いえ………」

拒絶しても才の機嫌を損ねることはなさそうである。普通に考えれば、兄のあられもない姿を他人に見せるなどあり得ないだろう。しかし才の言うとおり、一人で観るのはつらいのだ。

「僕は君のお兄さんとは面識がない。これという感想を抱くこともないよ」

迷う夏樹の背を、才がやんわりと押してくれる発言をする。

彼に任せてしまおうか。確かに兄のことをまるで知らない才が、共に観る相手としては最適ではないかと思う。

「……お願いします」

頭を下げた夏樹は、自分が背負っていた荷物を一つ下ろしたような楽な気持ちとなっていることに気づいた。

「大きな画面で観るというのもなんだから、君の隣でそのカメラの液晶で観ようか」

「はい」

応接セットの向かい合わせに座っていた才は、夏樹が頷くと立ち上がってテーブルを回り込み、夏樹の隣に腰を下ろした。

「再生してくれる？」

「……はい」

返事をし、再生ボタンを押そうとしたが、夏樹の意思を超えたところで指先が躊躇ってしまった。

「貸して。僕がやろう」

才に笑顔で顔を覗き込まれ、手を差し伸べられる。

「お願いします……」

気づけば二人の距離は近い。小型のビデオカメラの液晶を二人して観るのだから、距離が近くても当然なのだが、意識すると緊張が増すと、自然と夏樹は身体を硬くしていった。

「いくよ」

才が声をかけ、再生ボタンを押す。

『あぁ……っ……あっ……あ……っ……もう……っ……ああ……っ』

画面の中では自分でバイブを抜き差しし、兄が喘ぎまくっていた。

『いい……っ……もっと……っ……奥……っ……いきたぁ……っ……い……っ』

「早送りにしよう」

やはりつらい、と俯きそうになっていた夏樹の様子に気づいたのだろう。才はそう言うと映像を早送りにし始めた。

「お兄さん以外の人物の姿や声が入っていたらその時点で止めるよ」

「わかるんですか？」

早送りの状態で、と驚いたせいで夏樹の声が少し高くなった。

「耳の良さには自信があるんだ。動体視力にも」

小さな画面を見つめたまま、才が答える。普通なら、本当だろうかと疑うところだが、才だとなぜか、そうした能力を身につけているのだなと、夏樹は納得することができた。

兄の動画は延々と続いた。本数は五十本近く、ほぼ裸で、性的玩具を使っているシーンばかりが続く。

女性ものの下着を身につけているものもあった。珍しく服を着ている、と観ているうちに脱衣を始めたかと思うと、体内からローターが出てきて、どうやらそのまま外出していたというシチュエーションだとわかった。

「気分が悪くなったら言ってね」

才に言われ、我に返る。

「……あ……すみません」

気づけば額には脂汗が滲んでいた。貧血に近い状態となっているとわかり、夏樹は目を閉じた。

「楽にしているといい。大丈夫になったらまた目を開けて」

「…………すみません……」

「愛君」

才が声を張ると、ドアが開く音がし、愛が入ってくる気配がした。

「水、持ってきてもらえるかい?」

「水ですかね。ワインとかの方がいいんじゃないですか?」

言いながらも愛は部屋を出ていき、すぐに戻ってきた。

「どうぞ。水とワインです」

前のテーブルにグラスが置かれる気配がする。

「ありがとう」

礼を言い、目を開くと、じっと顔を見つめていたらしい愛と目が合った。

「お兄さんとコイバナとか、しなかったんですか？」

「え？」

聞かれた言葉の意味が最初わからず、夏樹は愛に問い返した。

「歳、近かったんですよね？」

「……仲は悪くなかったと思う。ただ兄は身体が弱くて子供の頃に一緒に遊んだりしなかったから、特別仲がいいというわけでもなかった。普通、だったんだ」

「僕はきょうだいがいないので『普通』の概念がよくわからないんですが、要はあなたも恋人をお兄さんに紹介したりはしなかったと、そういうこと？」

「……ああ」

そういえば、付き合っていた女性を、誰一人、紹介したことはなかった。付き合いの期間が短かったこともあるが、兄との間で恋愛に絡む話題が出たことはない。

普段、兄とはどういう会話をしていたのだったか、と考えているうちにまた、貧血の症状が出てきたため、夏樹は目を閉じ、大きく息を吐いた。

「横になるといいよ」

隣に座っていた才が立ち上がる気配がしたと同時に、おそらく愛の手と思われる華奢な腕が夏樹の身体に伸びてきて、ソファに横たわらせてくれた。

「すみません……」

謝る自分の声が遠いところで聞こえる。

「愛君、彼をみていてもらえるかい？　僕は自分の部屋で映像を確認するから」

「わかりました」

才と愛のやり取りも、微かにしか聞こえなくなっていた。

「………」

ひた、と額に掌が当てられたのがわかる。冷たいその感触に、そういえば数年前——既に父母が他界したあと、インフルエンザに倒れ高熱で苦しんだときのことを、ふと夏樹は思い出した。

『大丈夫か？』

四十度を超える熱が出たため、きしきしと全身の関節が痛み、苦痛の声を上げていた自分の額に、兄が掌を乗せてくれたことがあった。

あのときの兄の手は冷たくて、気持ちがよかった——自然と微笑んでしまっていた夏樹の脳裏に、電話越しに聞いた兄の声が蘇る。

『年末には帰国なんだろう？　ヨーロッパを堪能するといいよ』

トレーニー仲間と夏休みはイタリアに行くと告げた自分に兄は、優しくそう言ってくれた。気遣い溢れるその発言に対し、自分はなんと答えたのだったか。

『悪いな。それじゃあ』

少しも『悪い』とは思っていなかった。義理は通した、くらいの気持ちでいた。

兄と自分。兄弟仲は悪くはなかった。だが『良かった』とも言えないのではないか。両親亡きあと、お互い、たった一人の肉親となったが、それを実感したことはなかった。

兄にすべてを打ち明けていたわけではない。兄からもすべてを打ち明けられていたわけではなかった。

『すべて』どころか。大人になってから腹を割って話したことはあっただろうか。

「……眠ったほうがいいですよ」

いつしか眉間に縦皺を刻んでしまっていたらしい。冷たい指先でそこを撫でられ、自覚する。

ハスキーな声。感情がこもっているようには聞こえない。だがそれが心地よい。

はあ、と夏樹は大きく息を吐き出し、頭を空っぽにしようと試みた。自分が今、どこで何をしているのか、そうしたことも忘れようとまた、深く息を吐き出す。

そのうちに睡魔が訪れ、冷たい指先を心地よく思いながら夏樹は、意識を失うようにして眠りについたのだった。

「……君。夏樹君」

優しく揺り起こされ、目覚めた夏樹は、自分が今、どのような状況にあったのか、一瞬、まるでわからなくなっていた。

「観終わったよ。大丈夫？」

ビデオカメラを差し出され、ようやく全てを思い出す。

「あっ。すみません」

飛び起きるようにして身体を起こした夏樹は、自分が上掛けをかけられていたことに、この瞬間気づいた。

何時間眠ってしまっていたのか。腕時計を見ようとした夏樹に才が声をかけてくる。

「もう電車は終わっているから。ウチは泊まってくれてもいいよ。帰るならタクシーを呼んであげる。どうする？」

「あ……帰り、ます」

忌引きはあと一日、残っている。外出の予定もないが、出会ったばかりの人の——そしてたいして知らない人の家に泊まることに遠慮を覚え、夏樹は帰宅を選んだ。

「愛君、タクシー呼んでくれる？」

「わかりました」

「番号教えてもらえたら自分で呼びますので」

手間をかけさせるのは申し訳ない、と夏樹は二人にそう告げたのだが、無視されるような形で流された。

「そうしたらタクシーが来るまでの間に説明するね」

はい、と改めてビデオカメラを手渡してくれながら、才が笑顔で話し始める。

「結論から言うと、録画された映像に映っていたのは君のお兄さんだけだった。ざっと聞いた感じだが、お兄さん以外の声も入っていない。とはいえ、レンズがズームインやズームアウトするところをみると、撮影者はいたと考えられる」

「……カメラに向かって話しかけていましたしね……」

一体撮影者は誰なのか。兄の恋人なのか。それとも――。

『それとも』のあとに続く選択肢を思いつかないでいた夏樹だったが、かわりに才がその答えを告げてくれていた。

「撮影者は恋人かもしれないし、たとえば金で雇った相手かもしれない。プロかなと思ったのは、自分の声を残していないからだけど、ただ、お兄さんが映像を加工して相手の声を消したという可能性もある。それを解析するため、メディアをコピーしてもいいかな？　勿論、解析後は責任をもって削除するから」

「……兄が音声を消した可能性もあるんですね？」

兄に映像や音声の編集などできただろうか。兄の部屋を思い浮かべ、比較的スペックの高いパソコンがあったことを思い出す。

プライバシーの侵害になる、と、兄のパソコンには手をつけずにいた。兄はスマートフォンも携帯電話も持っていなかったが、自宅の電話の通話記録を確かめたこともなかった。

本気で撮影者を探すつもりなら、兄のプライバシーに踏み入る覚悟を固めるべきだろう。

「……是非、お願いします」

頭を下げた夏樹は、帰宅したら兄のパソコンを立ち上げてみようと心を決めていた。

「他に頼みたいことがあったらなんでも相談してくれていいよ」

そんな夏樹の心情を見抜いたようなことを才が言い、にっこりと笑ってみせる。

彼の笑顔は麻薬のようだ。すべてを委ねたくなってしまう、と気づけば見入ってしまっていた夏樹を我に返らせたのは、不機嫌極まりない愛の声だった。

「タクシー来ましたけど」

「あ……りがとう」

ここまであからさまな『帰れ』という意思表示も珍しい。つい、笑ってしまいそうになった夏樹の目の前で愛はますます不機嫌そうな顔になったのだが、その愛を、

「こら」

と小突いたあと、才が告げた言葉を聞き、果たして自分の選択は正しかったのだろうかという疑問を覚えずにはいられなくなった。

「僕からのアドバイスとしては、つらいだろうが君も自分で映像を観ることを勧めるよ。そうだ、君の知らないお兄さんを知るには、お兄さんと同じ体験をするのはどうかな？　幸い、撮影に使われた道具はまだ君の手元にあるんだろう？」

「……え……？」

今、彼は何を言った？

兄と同じ体験をする。となると即ち、あれらの性具を自分で使ってみろと、そう言われているのだろうか。

そんなこと、できるはずがないじゃないか、と、呆然としたまま見やった先、才がにっこりと微笑んでみせる。

「やるかやらないかの選択権は君にある。ともかく、お兄さんの気持ちを知りたいのなら、歩み寄ること。方策はそれだけだよ」

「………………」

馬鹿な、と一度は拒絶した考えが、再び夏樹を支配する。

兄はどういう気持ちであのいやらしい性具を集め、それを装着しているさまを映像にまで残したのか。

やはり兄の真意は気になる。気にはなるが――。

気づけばその場に立ち尽くしていた夏樹の耳に、

「タクシー来てますけど？」

と相変わらず不機嫌そうに告げる愛の声が刺さる。

「すみませんでした」

才と愛、それぞれに頭を下げ、夏樹は部屋を辞そうとした。そんな彼の耳に才の物憂げな声が響く。

「またいつでもいらっしゃい。悩みは一人で抱え込まないほうがいいから」

声につられて振り返った夏樹の目に、慈愛に満ちた顔で微笑む才が映る。

「あ……りがとうございます」

礼を言い、頭を下げる。この場にいると才の言葉がまるで呪いのように絡みついてくるのから逃れられなくなりそうで、夏樹は、

「失礼します」

と言葉を残し、愛に伴われて部屋を出た。

「ありがとう」

門の前に停まるタクシーのところまで送ってくれた愛に礼を言う。

「大丈夫ですか」

車に乗り込もうとした夏樹の背に、愛が声をかけてきた。

「え？」

何を案じてくれているのか、わからず夏樹は問いかけたのだが、

「大丈夫ならいいです」

とそっぽを向かれてしまった。

「色々すみませんでした。ありがとう」

礼を言いながら後部シートに乗り込むと、ドアはすぐ閉まり、運転手が車を発進させた。

『………』

愛が唇を動かし、何かを告げたのがわかったが、何を言ったのかと聞き返すより前に、車は走り出していた。

彼は何を言おうとしていたのだろう。リアウインドウを振り返った夏樹だったが、既に愛は門の中に入ってしまっていた。

往訪の意味はあっただろうか。ビデオカメラの入った鞄を上から押さえた夏樹の唇から、堪えきれない溜め息が漏れる。

まずは冷静になろう。今夜は何も考えずにゆっくり眠り、明日、また考えることにしよう。

問題を先送りにすることで生じる罪悪感から必死で目を逸らそうとしていた夏樹の頭の中では、才のまさかと思われるアドバイスがぐるぐると巡り続けていた。

5

帰宅後、夏樹は泥のように疲れ果て、眠りについた。翌日目を覚ましたのは昼過ぎで、明日から会社に行くことになるというのに、こんなことで大丈夫か、と自己嫌悪に陥った。

遺産相続については才が紹介してくれたエキスパートたちのおかげで不動産関係以外の目処は立っていた。しかし心情的に今の状態で出社するのは無理だ、と溜め息を漏らし、そんな自分の甘えをまた嫌悪する。

幸いなことに上司からは、落ち着くまで休暇をとったらどうだと勧められていた。どうやら東雲が掛け合ってくれたらしく、トレーニー終了期間とほぼ重なっているため、新しい部署への配属は夏樹に出社の目処が立った時点で発令されるという形になった。

仕事上、誰に迷惑をかけるわけではないものの、厚意に甘えるのは申し訳ないと、昨日までは考えていたが、やはりあと数日、休ませてもらうことにしようと夏樹は心を決めると、その旨、上司に連絡を入れるべくスマートフォンを手に取った。

上司はすぐさま快諾してくれたあと、労りの言葉もかけてくれた。

『出社できるようになったら連絡するのでいいからね』

体調の悪さが声に出てしまっていたらしく、くれぐれも無理はしないように、と念を押される。

「ありがとうございます」

実際、体調も優れなかったが、理由は上司が考えているものとは違うところにある。罪悪感を覚えつつ、夏樹は電話を切ったのだが、五分ほどして彼の携帯が着信に震えた。

もしや、と思った夏樹の勘は当たった。

『大丈夫か？』

かけてきたのは東雲で心配そうな声を出している。

『電話しようと思ってたんだ。当分休むことにしたと今、課長から聞いたよ』

「ああ。悪い。すっかり甘えてる」

恥ずかしいよ、と言う夏樹に、

『恥ずかしいことはないよ』

と東雲がいつものごとくフォローを入れてくれる。

『今夜、また寄るよ』

「大丈夫だよ。お前も仕事、たまってるんじゃないか？」

夏樹が指摘すると、東雲は一瞬、言葉に詰まった。

「大丈夫だから。また今度、メシでも食おう」

それじゃあ、忙しいだろうから切るよ、と夏樹は、まだ東雲が話したそうにしているのを察しつつも強引に電話を切った。

夏樹としては東雲に気を遣ったのだが、これではかえって東雲の心配を煽るだけだったかもしれない、と切ってしまってから反省する。

どうも自分はこういうことが多い。手の中のスマートフォンを見やる夏樹の口から深い溜め息が漏れた。

ああすればよかった。こうすればよかった、と後悔したところで取り返しはつかない。自分の行動は自分で背負っていかねばならないのだ。そう考えていた夏樹の視界の隅を、寝る前に床に置いたバッグが過る。

取り上げ、中からビデオカメラを取り出す。

結局、才に泣きついてしまった。だが自分の兄のことなのだ。自分で受け止めねばならないもののはずだった。

また後悔しそうになっていた夏樹だが、後悔するくらいなら、と気持ちを切り替えることにした。

今からでも遅くはない。兄の秘密と自力で向き合おうと、心を決めたのである。

すべての映像を観て、撮影者が誰なのか、解明するヒントを探し出す。兄は自分に見られたくはなかったかもしれないが、相手を探し兄についての話を聞きたいという願望を夏樹は抑えられなくなったのだった。

自分は兄について何も知らなすぎた。亡くなった兄にとって、その相手はどういう人物だったのか。恋人という可能性が一番高いが、それならなぜ彼は弔問に来ないのか。亡くなったことを知らなかったにしても、何かしら連絡くらいは取ってくるはずだ。だが兄が亡くなって十日以上経った今も、弔問に訪れる人は誰もいない。

恋人ではなかった場合、映像の流出が気になる。何にせよ、撮影者のヒントを見つけよう。よし、と夏樹は気合いを入れると、大きな画面で観たほうがわかりやすいかも、と自分の机の前に座り、パソコンを立ち上げた。

カードをパソコンに収め、再生ボタンを押す。

『あぁ……っ……あっ……あっ』

喘ぐ兄の顔。その声。当然のことだが今まで見たことはない。

兄は何を思って、この動画を撮らせたのだろう。夏樹の頭にふと、その疑問が浮かんだ。人に見られては困る。だからこそ、ビデオカメラを収めた引き出しに鍵をかけた。ではなんのために撮ったのだ?

「自分の……ためか……?」

自分たちであとから観て楽しむため——だったのだろうか。正直、夏樹には理解できない感覚ではあるが、一体どういう気持ちで映像を観ていたのだろう、と夏樹は亡くなった兄に思いを馳せた。

一人で観ていたのか。それとも撮影した『相手』と二人で楽しんでいたのか。この映像を観て興奮し、抱き合うこともあったのだろうか。

『もう……っ……もう……だめ……っ……きて……っ』

バイブを抜き差ししながら、切羽詰まった声で喘ぎ、身悶える兄は、夏樹の知らない男のようだった。

夏樹の認識の中では、冬樹は実に穏やかで心優しい兄だった。常に一歩退（ひ）いている印象はあったが、違うと思ったことははっきりと主張し、正しい道に導こうとする、そんな弟の夏樹にとっては『理想的』といってもいい、頼もしい存在だった。

しかし画面の中の兄は、欲情に流され、言い方は悪いがまるで獣のようである。そんな姿を見るのは、兄を冒瀆（ぼうとく）しているような気がする、と夏樹は次第に重い気持ちになってきてしまった。

映像のすべてをつぶさに観ようと心を決めたばかりだというのに、映像を早送りにしてしまっている自分がいる。

「…………」

この映像をすべて観た才が、相手の姿も声も確認できなかったと言っていた。それを信じることにし、もう観るのはやめたい。何度となくそう願ったものの、甘えてどうする、と気力を振り絞り、夏樹はなんとか早送りの画面を観続けていた。

「……あ」

夏樹が思わず声を漏らしたのは、画面の中に、ビデオカメラと同じ引き出しに収められていた、何とわからない性的玩具を兄が手に持っているのが目にとまったからだった。

兄がカメラに向かって何か言っている。聞いてみよう、と巻き戻し、再生スピードを通常に戻す。

『恥ずかしいな……見られていると思うだけでもう、興奮してる』

頬を紅潮させた兄は、既に全裸だった。

『挿れるね』

そう言ったかと思うと、謎の器具にローションをまぶし、それを己の後ろへと収めていく。

「…………」

アナルに挿入する性具ではあるが、バイブではなさそうだった。観ているうちに画面の中の兄の身体が小刻みに震え始めた。

『ん……っ……あぁ……っ……あっ……』

身悶え、喘ぐ兄の姿を観るのには抵抗があったが、疑問と好奇心が微かに勝った。一体あれはなんなのだろう。スイッチのようなものは特になかったように思う。挿入しただけで兄をああも乱れさせる謎の器具の正体はなんなのだ、と夏樹は画面を観続けた。

『もう……っ……もう、だめ……っ……いく……っ……いく……っ……なんどでもいっちゃう……っ』

レンズはベッドでのたうつようにして快楽を伝える兄の姿を舐めるように映している。興奮しまくっているが兄の雄が勃起している様子はなかった。

演技なのか？　と夏樹が観続ける中、喘ぎながら兄が、夏樹にはあまり馴染みのない言葉を何度も発する。

『ドライってすごい……っ……イキっぱなし……っ……やだぁ……っ……もう……っ……ドライ……っ……ドライ……っ……すごい……っ』

『ドライ』とはなんなのだろう。スマートフォンで『ドライ』『快感』で検索してみて『ドライオーガニズム』という単語に辿り着く。

前立腺を刺激することで、射精以上の快感を得られるという。

『しぬ……っ……あぁ……っ……もう、もう、ころして……っ』

まるで知らない言葉だ、と視線をスマートフォンからパソコンの画面に移す。兄はまさにその『ドライオーガニズム』を体感している真っ最中のようで、最早目の焦点は合っておらず、激しく身悶えながら高く声を上げるその姿は、やはり獣のようだ、と夏樹は堪らず目を伏せた。

『たすけて……っ……ああ……っ……もう……っ……もう……っ……しんじゃう……っ』

切羽詰まってはいるが、どこか甘えを感じさせる声だと夏樹が感じた次の瞬間、ぷつ、と映像は切れ、また別の日に撮影したものへと切り替わった。

『この間のエネマグラ。すごかった。興奮……した？』

上目遣いにレンズを見つめ、問いかける兄の口調にはやはり甘えがあった。

『すごかった……。自分があんな風になってしまうとは思わなくて。本当にどうにかなりそうだった。おかしくなってしまうんじゃないかって……』

恥じらうようにして目を伏せた兄が、レンズの前ですっと顔を上げる。

『体験、してみる？』

「……っ」

兄が自分に問いかけている。そんな錯覚に陥った夏樹は思わず息を呑んだ。

『冗談だよ……。ねえ、はやく、挿れて』

画面の中の兄がにっこり微笑んだあと、カメラの前に横たわり、レンズに向かって大きく脚を開く。

映像はまた、ここでブツリと切れ、また違う日に撮られた映像に切り替わる。なぜ『違う日』と認識できるかというと、撮影場所がそれまでの寝室からキッチンに変更になっていたことと、兄の格好に理由があった。

『全裸より、エプロンしているほうがいやらしい感じがするよね』

恥じらいながらも兄の目は爛々と輝いている。言葉どおり、兄は今、裸に青いエプロンをまとった姿となっていた。

『これ、つけるの?』

レンズに向かって問うたあとに、エプロンと肌の間に手を差し入れ、乳首に錘のついたクリップを装着する。

『え? これも?』

レンズを向けている相手に促され、兄が手にとったのはピンク色のローターだった。

『お尻に挿れればいい? ペニスに装着する? お尻ね』

兄の声が少し震えているのは、興奮を抑えているからだとわかるだけに、いたたまれない。それでも目を逸らさずに夏樹が見守る先では、画面の中、兄が自分の手でローターを後ろへと押し込む姿が映っていた。

『お尻がこんなに気持ちいいなんて……教えてもらうまで知らなかった』

ローターのスイッチを入れながら兄がしみじみとそう告げる。

『ん……っ……んん……っ……』

ウイン、というモーターの振動音が始まると、兄はシンクの縁に手をつき、エプロンに覆われていない裸の尻をレンズに向かって突き出した。

『いい……っ……ん……っ……やぁ……っ……』

尻を振りながら喘ぐ。しかし先程の、ある意味狂気じみた興奮までには至らないようである。

『あぁ……っ……あっあっあっあっ』

快楽の階段を上り詰めていく様を観ながらも、今、夏樹の頭にあるのは、先程兄が後ろに装着した器具だった。

あれをアナルに挿入するとどうした状態になれるのか。夏樹の耳にふと、才の言葉が蘇る。

『君の知らないお兄さんを知るには、お兄さんと同じ体験をするのはどうかな？　幸い、撮影に使われた道具はまだ君の手元にあるんだろう？』

あれは――本気で言われた言葉なのか。

気づいたときには、夏樹は兄の部屋に向かっていた。クロゼットの中の、既に鍵を壊してしまったキャビネットの上の引き出しを開く。

「…………」

ごちゃごちゃと中に収められた性的玩具を夏樹は暫し眺めていたが、やがて一段目を閉めると二段目を引き出し、手を伸ばして『エネマグラ』と兄が言っていたものを取り上げた。

これが――兄の身体の中にあった。兄を快感の絶頂へと導いていた器具だ。自身の手に持ったその器具を見下ろしているうちに、夏樹の胸の中で『試してみようか』という気持ちが次第に膨らんでいった。

兄の気持ちを知りたいだけだ。他のものは——たとえばバイブとかローターなどは形状もいかにもだし、利用するのに抵抗がある。

だがこの見たこともない器具なら。

言い訳を告げる己の声がぐるぐると頭の中で巡る。逡巡(しゅんじゅん)をし尽くしたくらい長い時間、夏樹はその場に立ち尽くしていたが、なんとか自身の心と折り合いをつけると、果たしてこれはどうやって使うものなのかと、ポケットに入れていたスマートフォンを取り出し、『エネマグラ』で検索をしてみた。

動画や映像は観るのに抵抗を覚え、文字で記載されたページを選ぶ。ローションで抵抗をなくして挿入することがわかったため、夏樹は再びキャビネットの下の引き出しを開いた。そこにピンク色のローションのボトルが入っていたことを思い出したのである。

いざ、試すとなるとやはり勇気がいった。兄と同じことをするだけだと自分に言い聞かせ、それを証明するために兄の部屋、兄のベッドの上で試すことにした。

映像と同じように、とビデオを自室に取りに行ったが、見ると勇気を失いそうだったので再生はせず、映像を思い出す。

兄は全裸だった。同じようにといっても裸になることにはやはり抵抗を覚え、下半身だけ脱ぐことにした。

器具にローションを垂らし後ろにあてがう。

「………」

そのまま挿入するのは難しそうだったので、まずは指を入れてみる。

一本目の指は案外簡単に挿入できた。二本目も挿入してみたが、違和感こそあれ、苦痛を覚えるほどではない。

器具の先端は指二本分くらいの太さで、中心部分はそれより太いが、この調子なら挿入できそうである。

よし、と夏樹は頷くと、器具にローションを塗り直してから横たわり、後ろにあてがってみた。

ずぶ、と先端を挿入させる。材質のせいか、はたまたローションのおかげか、思いの外抵抗なく器具は夏樹の中へと飲み込まれていった。

「………」

根元まで挿入し、息を吐く。後ろに存在は感じる。が、特に『快感』は覚えない。ネット上で読んだ『使い方』によれば、しばらく身体になじませたあとに、下肢に自ら力を入れるということだったので、十分ほどじっとしたあとに後ろに力を入れてみた。

「………あ………」

じわ、と、不思議な感覚が後ろに芽生えてきたのがわかる。なんだろう、と思いながら下肢に力を入れたり緩めたりしているうちに、その感覚は最初は下半身に、やがて全身へと広がってきた。

波が押し寄せ、引いていく。はじめのうちはそんな感じだった。やがてその間隔が短くなり、ひっきりなしに快感が押し寄せるにあたり、気づかぬうちに夏樹は兄のベッドの上で身悶え、今まで上げたこともないような喘ぎ声を上げてしまっていた。

「あ……っ……あぁ……っ……あっあっあっ」

鼓動が頭の中で耳鳴りのように響いているせいで、どこか遠いところでＡＶ女優が喘いでいるように夏樹の耳には聞こえていた。身体中、火傷しそうなほどに熱く、脳まで沸騰してしまいそうである。

彼の雄は勃起してはいなかった。が、今まで体感したことがないような大きな――とてつもなく大きな快感のうねりが絶え間なく押し寄せてくるせいで、いわゆる『いきっぱなし』の状態に夏樹は陥ってしまったのだった。

「いく……っ……いく……っ……もう……っ……いってる……っ……」

彼自身、まったく認識していないが、今、彼はビデオに映っていた兄と同じように、快感に我を忘れ、叫んでいた。

「これが……っ……ドライ……っ……すご……っ……すごいよ……っ……もう……っ……あ……っ……もう……っ」

喉に痛みを覚えるほどに高く喘いでいた夏樹の鼓動は最早、限界といっていいほど高鳴り、呼吸も困難になってきた。

「たすけて……っ……もう……っ……しぬ……っ……しんじゃう……っ……いきっぱなしで……っ……あぁ……っ」

一体自分はどうなってしまうのか。このまま本当に死んでしまうのではないかという恐怖の念が、ほぼ働いていない思考力の向こうから夏樹を襲い、泣き出しそうになる。

「たすけて……っ……あぁ……っ……やだ……っ……やだ……っ……あああーっ」

涙が止めどなく夏樹の瞳から流れ落ちる。子供のように泣きじゃくりながらも、身体は相変わらず快感の真っ直中にある。

「たすけてえ……っ」

誰に向かって助けを求めているのか。それすらわからず叫び、激しく首を横に振る。少しでも考える力が戻ってくれれば、器具を取り出せばいいと思いつきそうなものなのに、そんな余裕すらなく、ベッドの上でのたうちまわっていた夏樹がまた、

「たすけて……っ……もう……っ……しんじゃう……っ」

と叫んだそのときバタンッと高い音を立ててドアを開き、室内に飛び込んできた男がいた。

「どうした、夏樹っ」

「……っ」

あまりに驚いたせいで夏樹の身体から快感が一気に引いていき、代わりに思考力が戻って

きた。

「………なつ……き……？」

ベッドを前に、呆然と立ち尽くしているのは——東雲だった。そのままの格好で固まってしまっていた夏樹は、名を呼ばれ、はっとして自分の身体を見下ろした。

「あ………」

まさかこんな姿を見られるとは。動揺が激しすぎて一旦戻ってきた思考力がまた、少しも働かなくなる。慌てて上掛けで裸の下肢を覆った夏樹から東雲はすっと目を逸らせると、ぼそぼそと言葉を続けた。

「インターホンを鳴らしたけど出てこないので、前に預かった合い鍵で中に入ったら『助けて』と叫ぶ声が聞こえたから……」

悪い、と頭を下げ、東雲が部屋を出ていく。

なぜ、彼がこの場にいるのか。悪い夢でも見ているのではないか。

夢ならどれだけありがたいか。溜め息を漏らした夏樹は既に、これが現実であることを認めていた。

まずは何より、と、ようやく落ち着きを取り戻しつつあった夏樹は、アナルからエネマグラを抜いた。

「………」

これが自分をああもおかしくしたのか。ドライオーガニズム。いきっぱなし。本当に死んでしまうかと思った。

兄もまた、同じ感覚、同じ気持ちを味わったのだろうか。この器具で。

夏樹の耳に、ビデオの画面越しに聞いた兄の、切羽詰まった喘ぎ声が蘇る。

『しぬ……っ……あぁ……っ……もう、もう、ころして……っ』

兄と同じ体験をし、何かわかったことはあっただろうか。

考え始めた夏樹だったが、すぐ、東雲を放置はできないと思い直し、慌てて服を身につけると部屋を出た。

東雲はダイニングのテーブルに一人座っていた。

「……どうも」

最高にバツが悪くはあったが、自分から話しかけなければ何も言えないだろう、と東雲に声をかける。

「……ああ……」

東雲は未だ動揺しているように見えた。顔色も酷く悪い。そこまでショックだったか、と夏樹は内心驚いていたのだが、逆の立場ならやはりショックか、と思い直し、まずは詫びることにした。

「申し訳なかった。なんというか……とんでもないところを見られてしまったな」

本当に『とんでもない』としか言いようがない。言葉を選びながら夏樹は自分の姿を思い出し、天を仰ぎそうになった。が、なんとか気力で堪え、事情を説明しようとする。

「兄さんの秘密を知ったことはやはりショックで……一人で抱えていられなくなって、実は昨夜、才さんに相談に行ったんだ」

「えっ？　才さんに？」

俯いていた東雲が、はっとしたように顔を上げる。

「悪い。お前に紹介してもらったのだから話を通せばよかったな」

東雲の声音と表情に非難の気持ちが混じっているように夏樹は感じ、理由はこれだろう、と察して謝罪する。

「いや、それは必要ないんだが……」

それを受けた東雲が意外そうな顔となったので、それなら何が不満だったのかと考え、すぐに答えを見つける。

「お前に相談しなかったのは、兄さんのことをよく知っている人間に、兄さんのあんな姿を見せたくなかったからだったんだ。才さんは兄さんを知らないから」

「……気持ちはわかるよ」

ぼそ、と東雲が答え、もの言いたげな目でちらと夏樹を見る。『よく知っている』相手のあられもない姿など見たくはない。それを体験したばかりだと彼は言いたいのではないか。

『見られる』側としても最高に後味が悪いし、いたたまれない。しかし東雲は見たくて見たわけではないのだから、と、再び謝罪をすることにする。

「本当に悪かった。お前に見せるつもりはなかったんだ」

「いや、勝手に家に入ったのは俺だから……」

東雲はまたも夏樹の謝罪を退けたが、彼の目ははっきりと泳いでいた。

「………」

こんなことで長年培ってきた友情が潰えないといいのだが。不安に見舞われていた夏樹に、東雲が問いかけてくる。

「話が途中になっている。才さんのところで何があった?」

多少のぎこちなさはあったものの、東雲は微笑んでいた。彼もまた落ち着きを取り戻そうとしているのかと感じた夏樹は、友情が途絶えることはなさそうだと安堵しつつ、話を戻した。

「ああ、悪かった。才さんは兄さんのビデオを全部観てくれた上で、何かわかったら連絡をすると言ってくれたんだけど、アドバイスもしてくれて……」

「アドバイスって?」

また、東雲の表情が心持ち険しくなる。なぜなのか、と疑問を覚えた夏樹だったが、答えたあとの彼のリアクションを見ては、この『答え』を予想したからか、と察したのだった。

「兄さんの気持ちを知りたいのなら、兄さんと同じことをしてみればいいと言われたんだ。要は兄さんが集めた道具を使ってみてはどうかと」

「なんて馬鹿馬鹿しい！」

東雲がいきなり張り上げた怒声に、夏樹は思わずびくっと身体を震わせてしまった。

「……いや……だって馬鹿馬鹿しいだろう？　夏樹はそう思わなかったのか？　思わなかったからあんな……っ」

身を乗り出す勢いで夏樹を詰っていた東雲が、ここではっとした顔になる。

「……なんでもない……」

『あんな』のあとに続く単語は容易に想像できる。項垂れる東雲の姿を前に夏樹は溜め息を漏らしそうになるのを堪えていた。

「……それで試してみたんだな」

暫くの沈黙のあと、どうやら冷静さを取り戻したらしい東雲が、違う表現で夏樹にそう問うてきた。

「……うん」

「何かわかったのか？」

頷いた夏樹に、東雲が淡々と問いかけてくる。

「何も……ただ……」

「『ただ』?」

なんだ、と夏樹の目を真っ直ぐに見据え、東雲が夏樹と同じ言葉を繰り返す。

「あのビデオの撮影者に、より聞きたくなった。なぜ兄さんはあのビデオを撮影したのかと」

自分が性欲に屈し、乱れる姿をなぜ兄は映像に残そうとしたのか。相手の希望か。はたまた兄の希望か。

どちらにせよ、ビデオの撮影者は兄にとって特別な存在であったはずだ。それだけは確信できた、と夏樹は大きく頷くと、己の胸に芽生えた決意を東雲に明かすべく口を開いた。

「俺はやはり、撮影者を探してみようと思う。幸い、才さんも協力してくれると言ってくれたが、自分でも調べてみたいと思うんだ」

「……夏樹……」

東雲の表情は相変わらず硬い。てっきりそれを『非難』だと思っていたが、実際は違う感情なのだろうか。わけがわからなくなってきたと思いながら見つめる先、東雲が口を開く。

「俺も協力する。お前の力になりたい」

「……東雲……」

あんな姿を見られたにもかかわらず、どうやら友情は潰えなかったらしい。心から安堵した夏樹ではあったが、そこまで甘えていいものかとの思いから躊躇いが生じ、気づいたときには首を横に振っていた。

「どうして」

拒絶ととった東雲が必死の形相で問いかけてくる。

「いや……」

これというはっきりした理由があったからではなかった。東雲もまた忙しいであろうからと気を遣っての結果でしかない、と言い訳をしようとした夏樹の言葉を遮るようにし、東雲がきっぱりと宣言してみせる。

「夏樹のためになることをしたいんだ。友人として」

「……しかし……」

東雲の自分に対する友情はやはり保たれたままだった。そのことに安堵しつつも、厚意に甘えていいのだろうかと逡巡しているのがわかったのか、東雲が尚もきっぱりと言い放つ。

「俺はお前の役に立ちたいんだよ。親友として！」

「……ありがとう……！」

友情を何度も口にしてくれる東雲を前にし、夏樹の胸は熱く滾る。本当によい友を持ったと心からそう思いながら夏樹は、今後どのように調べていけばいいのかと、この先のことについて改めて考え始めたのだった。

6

兄の相手を知るために、夏樹と東雲はまず、兄のパソコンへのアクセスを試みた。が、当然ながらパスワードが設定されていて、開くことはできなかった。

東雲によると、才に頼めばたちどころにパスワードなど突破してくれるとのことだったが、連日訪問するのも躊躇われ、次に兄の通帳でお金の流れを調べることにした。

兄はマメに記帳しており、収支は明らかだったが、性的玩具を販売しているような店への振り込みの履歴はなかった。

毎月、月初に二十万円を生活費として引き出しており、その使い道はわからない。几帳面な兄であれば家計簿をつけそうなものなのに、その辺はおおざっぱにしていたようである。

兄がクレジットカードを持っていないことは確認した。となると現金で購入していたことになるが、そうした場所に出かけていったのか。

兄の性格を考えると違和感があるが、そもそも夏樹の知る兄は性的玩具を集めたり、それを自分で装着したり、その上その姿を映像に残したりするような人物ではなかったため、直接店で買った、というのが正解なのかもしれない、と夏樹は結論を下した。

どこの店で購入したのか。店に行って兄の写真を見せて聞こうかと考えていた夏樹に、東雲が難色を示す。

「アダルトショップというだけじゃ、店数が多すぎて探しきれないと思う。それにそういうところが顧客情報を明かすとは思えないし」

「……まあ、そうだよな……」

頷きはしたが夏樹は、場所に関しては当たりをつけていた。

「新宿二丁目じゃないかと思うんだ。兄の様子からして撮影者は男だと思うし」

『挿れて』と腰を振る兄の姿がまざまざと夏樹の脳裏に蘇り、一瞬、言葉を失う。

「大丈夫か？」

東雲が心配そうに問いかけてくる。

「ああ。悪い」

軽く頭を振ることで兄の残像から逃れようとしたが、あまり上手くはいかなかった。それでも夏樹は無理に笑顔を作ると、言葉を続けた。

「新宿二丁目にもアダルトショップは沢山あるだろうけれど、さすがに回りきれないってほどではないと思う。上手くすれば兄の相手もわかるかもしれないし、明日の日中にでも行ってみるよ」

「……俺は冬樹さんが店に行ったとは思えないんだよな」

東雲が、首を傾げつつ、異論を唱える。

「冬樹さんとさほど親しくしていたわけではないけど、人付き合いが結構苦手っぽくなかったか？　性格が暗いというんじゃないが内向的というか……。そんな人が二丁目のアダルトショップに出かけたり、そこで積極的に相手を探したりするだろうか」

「………」

言われてみるとやはり夏樹も、兄らしくない行動だと思えてきてしまった。

「代引きで買ったのかな」

それならクレジットカードがなくても購入できるが、配達員に好奇の目で見られることを兄が恐れないわけがないか、と思い直す。

となるとどうやって入手したのだろう。考え込んでいた夏樹に、東雲が声をかけてくる。

「他人に頼んだんじゃないか？　誰か、信頼できる人に」

「たとえば？」

葬儀のあと、年賀状を探したが、兄に届いていたのは数枚、小中学校の同級生からで、印刷だけのものや、コメントがあっても『今年こそ会いたいね』といった、いわゆる『年賀状だけの関係』としか思えない人ばかりだった。

そうした人にも一応、亡くなった旨を葉書で伝えたが、リアクションは今のところない。

二年前まで共に暮らしていたが、親しくしている人間はいただろうか、と考え始めた夏樹に、東雲が思いもかけない人物を告げる。

「家政婦さんとか」

「え？　清さん？」

清は五年前から契約している家政婦だった。母親が入院したとき家事が回らなくなったために父が雇ったのだが、母が亡くなり、後に父が亡くなったあとも契約を継続し、来てもらっていた。

兄も家事がそう得意ではない。夏樹は料理も掃除も洗濯も人並みにはできるのだが、平日は帰宅が遅かったので清を雇い続けることに異論はなかった。

週に二日とはいえ、五年も通ってくれている上、兄は彼女が来ている時間はほぼ在宅していたので、親しみは自分に対するものよりあるだろうが、彼女はもう六十歳を超していると思われる。

兄が頼むだろうか、と夏樹は首を傾げた。

「ないんじゃないか……さすがに」

「……まあ、そうだよな」

頼めないよな、と東雲もまた苦笑する。しかし、兄について何か情報を得ることはできるかもしれない、と夏樹は思い直した。

「清さんに話を聞いてみるよ。兄と親しくしていた人はいないかと」

「それ、聞いたんじゃなかったっけ？　葬儀のときに」

東雲が眉根を寄せるのに、

「あのときは清さんも随分動揺していたから」

と当時の彼女の様子を思い出し、夏樹は頷いた。

「暫く休みを取ってもらったけど、明日、来てくれるはずなんだ。辞めたいと言われたらどうしようかと思ったけど……」

兄の遺体を発見した家にはもう来たくないということもあるかと思っていたのだが、清側からはそういった申し出はなく、今後も勤め続けたいと言ってくれていた。

この家に住む限りは彼女の世話になろうと思っていたのでありがたかった、と夏樹が告げると、東雲は、

「それはよかったな」

と微笑んだあとに、腕組みをし、首を傾げた。

「しかし彼女が何かを知っているだろうか」

「兄が出かけた様子はないかとか、定期的に会っていた人はいないかとか、その辺を聞いてみるよ」

夏樹はそう答えながらも、東雲の案じるとおり、清から情報を得ることについてはあまり期待をしていなかった。

清とは毎週火曜日と金曜日の午前十時から午後三時までの契約で、家の掃除や洗濯、それに料理の作り置きを担当してもらっていた。

翌日、約束の十時にやってきた清は、冬樹に線香を供えたあと、改めて夏樹に向かい、ご愁傷様でしたと頭を下げた。

「仕事に入る前に、話を聞かせてもらってもいいかな？」

「お話というのは……？」

清がおそるおそる夏樹を見やる。そんな彼女に、振る舞ったお茶を勧めながら夏樹は、

「兄さんの交友関係についてなんだけど」

と話題を切り出した。

「……ご葬儀の前にも聞かれましたが、冬樹さん、私にはご友人の話はなさいませんでしたので……」

心当たりがない、と申し訳なさそうな顔で告げる清に、夏樹は問いを重ねた。

「清さんが来ている間、兄さんが外に出かけたことはなかった？」

「いつも家にいらっしゃいましたよ」

「清さんがいないときは？　外出していた様子はあった？」

「……家に籠もりきりということはないようでしたよ。たまに革靴やコートが出ていて、前日出かけたのかなと思うこともありましたが、どこにいらしていたかをお話しになることは

なかったですね」

　思い出しつつそう言う彼女に、夏樹は新たな問いを発した。

「兄さん、どんな話をしていた？　どんなことでもいいんだけど」

「そうですね……」

　清はまた考える素振りをしたが、やがて、少し首を傾げるようにして話し始めた。

「普段はどうということのない……それこそ天気の話とかをするくらいでしたけど、ここ一年くらいはそれもあまりなくなっていたように思いますね」

「え……？　それは……」

　兄が口をきかなくなったのか、と案じたのがわかったのか、清が慌てた様子で口を開く。

「いえ、すぐにお部屋に籠もられるようになったというだけで、感じが悪いとか、そういうことではありませんので。お忙しいのかなと思っておりました」

「…………部屋に…………」

　清は少しバツの悪そうな顔をしている。何かあるな、と夏樹は感じ、突っ込んでみることにした。

「一年前からってことは、それまでは部屋に籠もることはなかったんだよね？」

「ええ、まあ……そうですねえ」

　清がもじもじし始める。

「理由について、何か心当たりがあるんだね？」

夏樹が更に突っ込んで問うと、清は少しの逡巡を見せたあと、

「おそらく」

とようやく口を開いた。

「……一年くらい前に、冬樹さんがご自分で洗濯機を回された形跡に気づいたんです。冬樹さんには何も言わなかったんですが、どうもそれ以降、部屋に籠もられるようになった気がします」

「洗濯機？」

冬樹が自分で洗濯をすることはなかったが、何か洗いたいものでもあったのか。しかしそれが部屋に籠もる理由とは、と首を傾げかけた夏樹の頭に閃きが走った。

そうか。シーツだ。

兄が性具を身につけ、身悶えていたのは自室のベッドの上だった。己の精液で汚れたシーツを兄は洗ったのではないか。さすがに清に託すのを躊躇って。

「夏樹さん？」

気づけば夏樹は呆然としていたようで、清に声をかけられ、はっと我に返った。

「ああ、ごめん。ところで兄さんが定期的に連絡を取っていた人っていないかな。家に来たり、兄さんが訪ねていったりと」

夏樹は動揺していたが、その理由を清に気づかれたくなくて、敢えて明るい声を出し、聞こうと思っていたことをまくし立てた。

「私が知る限りでは……」

唐突に話題を戻したからか、清は戸惑いの色を表情に出しつつ首を横に振った。

「誰も兄さんのところには来ていなかった？」

一年前、兄は自分でシーツの洗濯をした。ということはその頃にビデオを撮った人物が家を訪れているということだ。録画の日付も一年前からだったのでそこは合致する。

さすがに清がいる日に呼ぶようなことはしないだろうか。そう思いながら問いかけた夏樹に清は、

「いらっしゃいませんでしたねえ」

と考えたあとに答え、「お役に立てませんで」と頭を下げた。

「いや、そんな。どうもありがとう。仕事前にごめんね」

やはり清から引き出せることはそうなかったか。いや、シーツの洗濯だけでもわかったことはありがたい、と、夏樹が頭を下げ立ち上がろうとしたとき、

「ああ、そういえば」

清が何か思い出した声を上げ、夏樹を見た。

「え？」

なんだ？　と問いかけた夏樹に清が話し出す。

「お一人、いらっしゃいます。定期的にこの家にいらしていたかたが」

どうして忘れていたんでしょう、と清が情けなそうな顔になり告げた言葉を聞き、夏樹の鼓動は高鳴った。

「誰？」

勢い込んで尋ねた夏樹に、清がその名を告げる。

「神宮寺先生ですよ。主治医の」

「ああ……」

なんだ、と夏樹が落胆した声を上げそうになったのは、『神宮寺先生』というのは両親の代から夏樹の家が世話になっているかかりつけの医師であるためだった。

年齢はもう、八十歳近いのではないかと思われる。さすがに兄が性具の購入を頼んでいたとは思えないし、兄の相手とも思えない。しかし定期的に来ていたことは知らなかった。もしや随分前から体調が悪かったのだろうか、と改めて清に問いかける。

「神宮寺先生、二年前までは定期的に往診に来るという感じじゃなかったけど、兄さんは具合が悪いことが多かったの？」

「いえ、そうではなくて」

否定した清が次に告げた言葉を聞き、またも夏樹の鼓動はドキ、と大きく高鳴ることとなった。

「一年前に神宮寺医院が代替わりされたんですよ。院長は引退なさって、息子の一生さんがあとを継がれたんです。眼鏡のハンサムな先生になったと、近所でも評判だったんですよ」

「……一生さん……ああ……」

「夏樹さんもご存じですよね。冬樹さんが中学生の頃、家庭教師をなさっていたと聞きました。一年前くらい前に冬樹さんがお風邪を患った際、一生先生が往診にいらしてくださって、それ以降、月に一度様子を見に来てくださるようになったそうです。主治医としてはそのくらいのことをしなければと仰っていましたが、冬樹さんが家に籠もりがちなのを心配なさってのことのようでしたよ」

「………そう……だったんだ」

今、夏樹の頭には、若い頃の神宮寺一生の顔が浮かんでいた。

清の言うとおり、主治医の息子、一生は優等生ということだったので、中学を休みがちだった冬樹のために両親が家庭教師を頼んでいた。

『冬樹君は充分優秀で、僕のほうが間違いを指摘されるくらいですよ』

両親に対して愛想よく笑っていた大学生の一生は、確かに当時から眼鏡をかけており、夏樹の目にも格好よく見えた。

一生の世話になったのは冬樹が中学三年の一年間で、その後彼が家を訪れることはなかった。確かアメリカに留学をしたと聞いた気がする。

彼が一年前から定期的にこの家を訪れていた。時期を同じくし、兄が性具を使い、その様子を映像に撮り始めた。

これは——偶然だろうか。

「そういえば神宮寺先生には、ご訃報をお知らせするべきだったかもしれません。私ときたらすっかり動揺してしまって」

清が反省した声を上げたことで、夏樹はようやく我に返ると、

「僕から伝えるよ」

と微笑もうとした。が、頬が痙攣するだけで、とても笑顔とはいえないものになってしまった。

「申し訳ありません」

だが清には気づかれなかったようで、彼女は再度頭を下げると立ち上がり、目の前の茶碗を手に取った。

「それでは仕事にかからせていただきますね。お茶、ご馳走さまでした」

「……よろしくお願いします」

またもなんとか笑顔を作って返事をすると夏樹は、

「ちょっと仕事にかかるので」

と声をかけ、自室に引っ込んだ。

「…………………」

まずは落ち着こう。先程から鼓動は跳ね上がりっぱなしで息苦しいほどだった。大きく息を吐き出してから、自身の机に座り、パソコンを立ち上げる。

神宮寺医院を検索してみたのは、今現在の一生の顔を見たいと思ったためだった。杉並(すぎなみ)ではかなり大きい個人病院のため、ホームページはすぐに見つかり『院長の挨拶』のページを開く。

「彼……か……？」

記憶の一生より年齢を経た分、貫禄がついている。が、老けたというよりは『立派になった』という感想を抱く若々しい容貌(ようぼう)をしていた。

縁無し眼鏡は相変わらずで、知性と理性がこれでもかというほど表れている。これでは近所で評判になるだろう、という美丈夫(びじょうふ)ぶりを暫く眺めていた夏樹だったが、すぐに我に返ると、さてどうするか、と考え始めた。

兄と交流があり、定期的にこの家を訪れていたという一生が、あのビデオの撮影者である確率は高いのではないか。

それを確かめるにはどうしたらいいのか。正面突破か、それとも何か策を弄するか。

「…………」

策など、一つも思い浮かばない。まずは直接聞いてみよう。ビデオや性具のことはともかく、兄の死を報告しに行くということであれば、問題ないだろう。

出かけるとするか、と夏樹は立ち上がったが、前日、しつこいくらいに東雲に言われたことを思い出した。

『何か行動を起こす前には、必ず連絡をしてくれ』

東雲が自分を案じていることは夏樹にはよくわかっていた。随分と落ち着いたつもりでいるが、東雲の目にはまだ精神的に安定していないように見えているらしい。

心配する必要はないが、その心配が友情からなのだという気持ちには応えねば、と夏樹は東雲に連絡を入れようとスマートフォンを取り出した。

今は仕事中だろうと、電話ではなくメールを打つ。

兄のところにかかりつけの医師が定期的に訪れていたことがわかった。その人に事情を聞きに行く、と文章を打ち送信する。と、一分もしないうちに夏樹のスマートフォンの着信音が響いた。

「はい」

『メール読んだ。俺も行くよ』

かけてきたのは東雲で、焦った声を出している。

「行くって、お前、会社だろう?」

まさか抜けてくると言うつもりか、と問いかけた夏樹の声を聞き、東雲が、うっと言葉に詰まった。

『夕方か夜に一緒に行こう』

「大丈夫だよ。兄貴が亡くなったことを報告に行くだけだから」

突っ込んだ話はしないし、自分もまったく知らない相手ではない、と告げた夏樹に東雲が、

『え?』

と戸惑いの声を上げる。

「なに?」

意外そうな声音が気になり問い返した夏樹は、返ってきた東雲の答えを聞き、なんともいえない気持ちになった。

『警察にかかりつけの医師について聞かれたから、清さんから神宮寺医院の名前を教えてもらって伝えてある。持病について問い合わせはいっているはずで、冬樹さんの死を知らないということはないと思う』

「……そうなのか……?」

となると一生は、兄の死を知った上で葬儀に関する問い合わせはしてこなかったというのだろうか。

毎月、定期的に訪問していた患者の死を知っても、葬儀に出ようという気持ちにはならな

かったのか。長年の付き合いの上、昔家庭教師をしていたこともあるというのに？

「……やはり、話を聞きに行ってみるよ」

葬儀に来なかったのは何かしらの理由があるのではないか。そうとしか思えない、と夏樹は心を決めた。

『一緒に行くから、夜にしてくれ』

電話の向こうの東雲がそう言って止めるのを、

「結果は教えるから」

それじゃあ、と強引に電話を切る。すぐ折り返しかかってきたが、出ないでいると諦めたのか電話は切れ、再度かかってくることはなかった。

東雲がああも心配するとは意外だ、と夏樹は首を傾げたが、すぐ理由に気づき、羞恥と落ち込みがないまぜになった感情に囚われることとなった。

東雲の心配の理由は、エネマグラで乱れる自分の姿を見たからではないかと思いついたのである。

兄の心理を知りたいから、同じ行為をしてみる。そんなことを考えるのは、やはり、普通ではない。しかもその『同じ行為』が性的玩具を自分でも使うこととなると、普通はそこまでしないだろうと思われても仕方がない。

才に言われたから、ということもあったが、我に返るとなぜあんなことをしたのだろうと自分で自分が情けなくなった。

それでも兄の心理がわかればよかったが、正直、わかったとは言いがたい。その上、東雲にその姿を見られてしまった。

もう二度と、試すことはすまい。いつしか溜め息を漏らしてしまっていた夏樹だったが、気持ちを切り替え、外出するのに相応しい服に着替えることにした。

東雲の自分への過ぎるほどの心配は、やはり精神状態が危ういと思っているからだろう。あんな姿を見られたら彼が心配するのもわかる。

また溜め息をつきそうになり、唇を引き結ぶことで堪えると夏樹は着替えを終え、部屋を出た。

「ちょっと出かけてきます。昼食は外ですませてくるから」

居間の掃除をしていた清に声をかけてから外に出た夏樹は、手ぶらで訪問をするわけにはいかないかと、新宿の百貨店に向かうことにした。

神宮寺医院への訪問の目的は、一生と兄の関係を探ることにあるが、表向きは兄の訃報を伝え、今まで世話になった礼を言う、というのがもっとも自然だろう。洋菓子の詰め合わせでも買っていけばいいか、と買うものを決めたあと夏樹は、どのように話を切り出すかを考え始めた。

兄とは暫く離れていたので、最近の様子が知りたい、というのはアリだ。亡くなる予兆はあったのかと聞くこともできよう。

しかし、そこからどうやって、性的玩具の話題に移行させればいいのか。

『兄に性的玩具を与え、共に性行為をし、その様子を映像に残したのはあなたですか？』

聞ける気がしない。と、頭の中で考えをまとめていた夏樹は、ポケットに入れていたスマートフォンが着信に震えたことに気づき、取り出してディスプレイを見た。

「…………」

かけてきたのが東雲とわかり、無視を決め込む。やがて電話は切れたが、次にメールの着信があり、もしや、と思って開いてみた夏樹は、思わず「えっ」と小さく声を漏らしてしまった。

メールは東雲からで、その文面は、

『俺も今、神宮寺医院に向かっている』

というものだった。まさか、と夏樹は焦って東雲のメールに返信をした。

『一人で大丈夫だ。それに今、俺は新宿にいる』

東雲からの返信はすぐあったがそれは、

『二丁目か？』

という一言だった。また電話がかかって来かねない、と夏樹は、

『新宿には手土産を買いに来た。昼休みに神宮寺医院を訪ねる予定だ』

と正直なところを書いたあと、

『本当に大丈夫だから』

と書き添え、メールを送った。

このあたりで電車が新宿に到着したので、改札を出ると夏樹は東雲に電話を入れてみた。

『はい』

すぐに応対に出た東雲の声は心持ち不機嫌そうである。不機嫌なのはこっちも同じだ、と夏樹もまた声に怒りを滲ませながら、

「来なくていいと言っただろう?」

と電話の向こうにそう告げた。

『もう来てしまったんだから仕方がないだろう』

東雲の返しに夏樹は、

「今、どこ?」

と問いかけた。

『さっき西荻の駅に着いた。待ち合わせをするか?』

「…………」

西荻窪まで来てしまっていてはもう、追い返すのも躊躇われる。それにしても会社は大丈夫なのか、と案じながら夏樹が、

「神宮寺医院に行くにはまだ時間があるから、なんならウチで待っていてくれ」

と告げると、東雲は少しほっとしたように息を吐いたあと、

『わかった』

それじゃあ、と笑って電話を切った。

「………………」

本当にもう、と溜め息をつきながら夏樹もまた電話を切り、スマートフォンをポケットに戻す。

長年の付き合いだが、ああも過保護な男だとは知らなかった。恋人ができればそれこそ『束縛系彼氏』というのになるのではないか。

まだ見ぬ彼の恋人に同情をした夏樹だったが、こうしてはいられないと我に返ると、手土産を買うべく百貨店を目指し足を速めたのだった。

7

東雲とは結局、駅前のカフェで待ち合わせることになった。手土産の洋菓子を購入した夏樹がそのカフェに入ったとき、東雲はパソコンで何か作業をしていたが、夏樹の姿を認めると、「こっちだ」と笑顔を向けてきた。

「仕事はどこでもできるから。今やテレワークの時代だよ」

夏樹が何を言うより前に東雲はそう言うと、ほら、と自分のパソコンの画面を夏樹に示してみせた。

仕事のメールを打っていたことを知らせてきた東雲を、夏樹は睨みはしたが、『テレワーク』という、メディアでしか見ない単語が彼の口から自然と出たことには驚きを覚えた。

自分がフランスに行っていた二年の間で、会社も随分変わったということだろう。出社後、戸惑うことが多いのではないか。

やはり一日も早く復帰をするべきでは、と考えかけた夏樹だったが、今はそのことは一旦忘れて、と無理矢理頭を切り替えた。

「十二時過ぎに神宮寺医院を訪ねる。あと十五分くらいしたらここを出よう」

「そうか。それなら先に昼食をとっておくか」

東雲はそう言うとパタンとパソコンを閉じ、

「何がいい？」

と夏樹に聞いてきた。

「自分で買うよ」

「いや、お前を怒らせたから俺が奢る」

東雲はそう言うと、強引に夏樹と自分のためにサンドイッチとコーヒーを買ってきた。

「ちゃんと、メシ、食ってるか？　痩せたように見えるぞ」

「食べているよ。それに今日から清さんが来てくれたから、食事には困らない」

どうということのない会話をしながら夏樹は、これからどうやって神宮寺一生と向き合うかを考えていた。

その後二人はカフェを出て、神宮寺医院へと向かった。受付に一生院長との面会を申し入れ、昼休みの時間の五分でいい、長年世話になっていた兄が亡くなった報告がしたいと告げると、五分もしないうちに一生本人が慌てた様子でロビーにやってきた。

「君は……夏樹君……か？」

夏樹を見て一生は一瞬、ぎょっとしたような顔になった。がすぐに我に返った様子となるとおずおずと名を尋ねてきた。

「はい。兄が大変お世話になったそうで……」

「驚いたよ。まずはこちらへ」

部屋で話そう、と一生に導かれ、夏樹と東雲は、『院長室』というプレートのかかった部屋の中で彼と向かい合った。

「夏樹の友人の東雲です」

一生がちらと顔を見やったのに、東雲が名乗り頭を下げる。

「兄の葬儀のとき、随分世話になったんです」

なぜ彼を連れてきたかという説明にはなっていないと思いながら夏樹はそう言葉を足すと、改めて一生に向かい、頭を下げた。

「僕がフランスに行っている間、定期的に往診にいらしてくださっていたと、家政婦さんから聞きました。兄がお世話になり、ありがとうございました」

「いや……」

一生が言葉を探すようにして黙る。少しの沈黙が訪れたのがいたたまれなかったのか、

「今お茶を用意させるね」

と立ち上がったかと思うと、デスク上にある電話の受話器を取り上げた。

「コーヒーでいいかな?」

「どうぞおかまいなく」

夏樹は遠慮したが、一生は電話の向こうの相手に「コーヒーを三つ」と頼むとすぐに通話を終え、夏樹らが座る応接セットへと戻ってきた。

「お兄さんのこと、本当に残念だった。警察から連絡があったときびっくりしたよ。弔問にも行かれず、申し訳なかった。関西に行く予定をどうにも動かせなくて。落ち着いたらご自宅にお線香をあげさせてもらいに行こうと思っていたのに、君のほうから来てもらってしまって……」

本当に申し訳ない、と一生は頭を下げてきたのだが、立て板に水のごとく語られる言い訳には、口調のせいかまるで心がこもっていないように夏樹には感じられた。

「いえ、突然のことでしたから」

気にしないでください、と夏樹は告げると、買ってきた洋菓子を差し出した。

「これはつまらないものですが……」

「いや、逆だよ、これでは……」

一生は困った顔になったが、受け取らないのも悪いと思ったらしく、

「明日にでも、ご自宅に伺うから」

本当に申し訳ない、とまた、頭を下げ、夏樹が差し出した菓子を受け取った。

五分、とはいったが、これで面談が終わってしまいそうな気配を察し、夏樹は何か喋らねば、と慌てて口を開いた。

「お忙しいところ申し訳ありません。兄の様子を教えていただけたらと思ったのですが、明日のほうがいいでしょうか」

『明日にでも』と告げた一生が実際に明日、来るかはわからない。約束したという既成事実を夏樹は作ろうとしたのだが、相手は無事、それに乗ってくれた。

「そうだね。実はまだ、午前中の診察が終わってなくてね。明日、そうだな、午後六時に伺うよ。あ、夏樹君、会社は？」

一生の目が落ち着きなく周囲を窺っているように見える。

「当分の間、休ませてもらうことにしたのでその時間、家にいるようにします」

「そう」

一生が笑顔で頷いたところにコーヒーが運ばれてきた。

「悪い。患者さんを待たせているので、僕はこれで失礼するよ。コーヒー、ゆっくり飲んでいってくれ」

秘書らしき女性から一生は自分の分のコーヒーを受け取ると、

「そしたらまた明日」

と夏樹に笑顔を向け、部屋を出ていった。

「忙しい時間に申し訳ありません」

東雲がコーヒーをサーブした秘書に詫びている。

「いえ。どうぞごゆっくり」

美人秘書、という形容が相応しい、三十歳くらいの女性秘書は、にっこり、といかにもな営業スマイルを東雲に向ける。

「今伺ったんですが、院長、関西にご出張されたとか」

そのまま部屋を辞そうとしていた彼女に東雲がさらりと問いかける。裏をとろうとしているのか、と夏樹が内心驚きながら見つめる中、秘書が、

「出張？」

と目を見開いたものだから、まさか嘘なのか、と一気に緊張を高めた。

「ご出張ではなかったんですか？」

東雲が意外そうな顔で問いかける。と、秘書は、ああ、と何か思い出した顔になり、喋り始めた。

「関西に参りましたが、お友達の結婚式とのことでした」

「そうでしたか。出張じゃなかったんですね」

失礼しました、と東雲が明るく詫びるのに「いえ」と秘書は微笑むと、頭を下げ部屋を出ていった。

「結婚式じゃ、確かに『外せない用事』だな」

緊張して損をした、とコーヒーを取り上げた夏樹の横で東雲が首を傾げる。

「結婚式って普通、土日じゃないのか？」

「平日もあるんだろう」

嘘と決めつけるのはよくない、と夏樹は東雲を窘めたものの、彼もまた一生への疑いを深めていた。

まずは自分を見たときの、ぎょっとした表情。兄と顔が似ているため、驚いたのではあるまいか。

そしてあのわざとらしいほどに流暢な言い訳。彼の言いようだと、葬儀の日程は知っていたようである。一生にとっては兄は受け持ち患者の一人に過ぎなかったのかもしれないが、その場合、遺族を前にああした態度を取るだろうか。もう少し鷹揚に構えてもよさそうである。

やはり後ろ暗いところがあるからではないのか。その疑いは深まった、と夏樹は東雲を見た。東雲も夏樹を見返す。

「……明日の六時か」

「明日こそ、来なくていいからな」

ぽつ、と東雲が呟いたのを聞き、夏樹は慌ててそう釘を刺した。

「だって怪しいだろう？」

「大丈夫だ。それに遺族ではないお前がいることで、何も喋らなくなるかもしれない」

「それは……」

東雲が、うっと言葉に詰まる。

「医者は患者のプライバシーを守る義務があるというだろう？　だから遺族の俺だけで彼とは向かい合う。いいな？　絶対来るなよ？」

「……しかし……心配だよ」

東雲がぼそ、と呟き、恨みがましいとしかいいようのない目で夏樹を見る。

「ともかく、コーヒーを飲んだらもう帰ろう。お前は会社に戻る、俺は家に帰ってまた土地の権利書を探すよ。今日はありがとな」

これ以上、東雲に迷惑をかけるわけにはいかない。その思いから夏樹はわざと取り付く島がないような口調でそう言い放つと、既に冷めかけていたコーヒーを一気に飲み干し、カップをソーサーに置いた。

「行こう」

「……ああ」

東雲は何か言いたそうな顔をしたが、夏樹が促すと立ち上がり、二人して院長室をあとにした。

「それじゃあな」

病院前で夏樹は東雲と別れ、自分の家に向かおうとした。駅は反対方向だったからなのだが、東雲がついてきたため、足を止め彼を振り返った。

「会社に行けよ……まあ俺が言っても説得力ないけど」

理由はどうあれ、忌引き休暇の日数よりも長く休んでいる。社会人として甘えている自覚があるので強くは言えない、と言葉を足した夏樹を見て、東雲が噴き出した。

「お前は真面目だな。トレーニー終了期間と重なったんだから、月末くらいまでは休んでいいんじゃないの？」

「お前は俺を甘やかすよな」

ありがたいけれども、と笑い返した夏樹に対し、東雲が不意に真面目な顔になり話しかけてくる。

「ショックなのはわかるよ。だから俺にも何か、手伝わせてほしい。一人で受け止めてほしくないんだ。俺も一緒に受け止めたいんだよ」

「……東雲……」

東雲の眼差しは真剣で、瞳は少し潤んでいた。厚い友情に夏樹の胸も熱く滾り、涙まで込み上げてきた。

泣くなどいい大人が恥ずかしいと思ったせいで、夏樹は敢えて東雲を茶化すようなことを言ってしまった。

「なんだそれ。プロポーズみたいだぞ」

「え……っ」

夏樹の想像した東雲のリアクションは、『馬鹿なことをいうな』と窘められるか『そう、プロポーズだよ』と悪乗りするか、そのどちらかと思っていたのだが、東雲はなぜか絶句したあと、

「いや、そういうつもりではなく」

と狼狽え始めた。

「東雲？」

「悪い。会社に戻る」

あまりに唐突に東雲はそう言ったかと思うと、踵を返し駆け出していった。

「おい？」

どうした、と背に声をかけても振り返らずに駅へと向かっていく。一体なんだったんだ、と首を傾げたものの、今のやり取りとは関係なく、何か急ぎの用件でも思い出したのだろうと夏樹は結論を下すと、家へと向かい歩き出したのだった。


翌日、午後六時ぴったりに、神宮寺一生は夏樹の家を訪れた。まずはお線香を、と仏前に

座り、両手を合わせる一生を後ろから夏樹はじっと見つめていたのだが、一生が手を合わせていた時間は短く、すぐに夏樹を振り返ると、

「本当に、残念です」

と頭を下げた。

兄の話を聞かせてもらいたい、と応接間に案内したあと夏樹は一生に、

「何を飲まれますか？」

と問いかけた。

「どうぞお構いなく」

「ワインはどうでしょう」

病院には戻らないですよね？　と問うと、一生は少し驚いたように目を見開いた。

「ワインか……冬樹君も好きだったね」

しみじみとした口調で一生が告げ、頷く。

「それでは冬樹君を偲んで、飲もうか」

「用意してきます。ちょっとお待ちください」

一生に酒を飲ませようと思ったのは、飲んだほうがより口が軽くなるのではと考えたからだった。

夏樹はキッチンに向かうと用意していたワインやグラスと、つまみ用に切ったチーズの皿

を次々応接間に運び込んだ。

「開けよう」

一生が気を遣い、栓を抜いてくれる。

「すみません。ありがとうございます」

グラスにも注いでくれた彼に夏樹が礼を言うと、一生はふっと微笑みグラスを差し出してきた。

「冬樹君もいつも同じリアクションだった。『すみません。ありがとうございます』……兄弟というのはそういうところも似るんだね」

「兄ともワインを飲んだりしていたんですね」

飲む前から一生の口は大分軽くなっている。酔わせてから聞くつもりだったが、案外早いタイミングでいけるかもしれない。そう思いながら問いかけた夏樹に、一生がにっこり微笑み頷いてみせる。

「たまにだけどね。いいワインが手に入ったとき、持ってきては二人で飲んだ。酔うと冬樹君はいつもより饒舌になって、色んなことを話してくれたなあ。君のこともよく喋っていたよ。フランス語を学んだあとにはおそらく、アフリカ勤務になるだろうとか。そうなったら心配ではあるけれど、兄としては見守るしかないだろうとか……」

「そう……だったんですか……」

兄が自分のことをそうも話題にしてくれていたなんて。兄の笑顔を思い出す夏樹の胸には熱いものが込み上げてきてしまっていた。

一生が家に来るように仕向けた目的は、彼があのビデオを撮影した人間ではないかと、それを確かめることだったのに、泣いてどうする、と夏樹はなんとか自分を取り戻そうとし、話題を変えた。

「兄とは連絡を取り合っていましたが、一年近く顔を合わせてはいなかったんです。それでここ一年くらいの兄のことを知りたくて。一生さんが……あ、すみません。先生が往診にいらしてくださるようになったのも一年ほど前なんですよね」

「一生でいいよ。冬樹君もそう呼んでいたから」

一生はワインを飲み干すと、君も飲みなさい、というように夏樹を見ながら、自分でグラスにワインを注いだ。

「あ、すみません」

「いいよ。君のグラスにも注いであげよう」

言葉どおり、夏樹のグラスにもワインを注いだあと、一生は乾杯、というようにグラスを合わせてきた。夏樹も彼に倣(なら)ってグラスを合わせる。

「そう。こうして飲んだものだ」

「……あの……」

懐かしそうに微笑む一生の眼差しは夏樹に向いていた。だが、実際見ているのは自分ではなく、自分と顔がよく似ていた兄、冬樹の面影（おもかげ）を追っているのでは。

そう気づいた夏樹は、思い切って仕掛けることにした。

「なんだい？」

「もしや、この一年くらいの間で兄に恋人ができたということはありませんか？」

「え？」

一生が驚いたように目を見開く。彼の目の中に『驚き』以外の感情を見出（みいだ）した夏樹は、一か八か、と覚悟を固め立ち上がった。

「夏樹君？」

「実は先生に見ていただきたいものがあるんです」

「見てほしいもの？」

一生は訝（いぶか）しそうな顔をしていたが、夏樹が立ったままでいると彼もまた立ち上がってくれた。

「兄の部屋で偶然見つけてしまったんです」

「何をだい？」

こちらです、と階段を上る夏樹の後ろに一生はついてくる。表情を見ようとして振り返ったが、一生はちょうど足下（あしもと）を見ていて、どんな顔をしているかはわからなかった。

「……患者のプライバシーは守られるものなんですよね？」

ウォークインクロゼットの前で夏樹は、一生に問いかけた。もし、一生があれらの性的玩具やビデオと無関係であった場合、兄の名誉を守りたいと思ったからなのだが、一生は夏樹のその言葉に関しては、

「それは勿論」

と笑顔で頷いた。

「相続に必要な書類を探していて、鍵のかかったキャビネットを見つけたんです。開いてみて驚きました」

説明をしながら夏樹は先にウォークインクロゼットに入ると、キャビネットの前に座り、引き出しを開いた。

「……っ」

背後にいた一生が息を呑む気配が伝わってくる。が、驚きは小さい気がする、と夏樹は彼を振り返った。

「大人のおもちゃというのか、性的玩具というのか……僕の知る限り、兄にこんな趣味はなかったように思います。少なくとも一緒に住んでいるときに、こんなものを買っていた形跡はなかった。一生さんは何かご存じですか？　往診のときでもいい、ワインを飲みながらでもいい、話題になったことはありませんでしたか？」

「…………」

夏樹が身を乗り出し、問いかけるのに一生は無言で立ち尽くしていた。夏樹が口を閉ざしたあとにはクロゼット内に沈黙が訪れる。

「……もう少し、飲んでからでいいかな」

沈黙を破ったのは一生だった。彼の言葉を聞き、ドキ、と夏樹の心臓が大きく脈打つ。

「……はい。戻りましょうか」

夏樹が言うと一生は「そうだね」と頷き、先に立って部屋を出ていった。慣れた動作だ、と階段を下りていく彼の背中を見る夏樹の胸に確信が生まれる。

やはりあのビデオの撮影者は一生だった。彼が兄に性具を買い与え、兄の身体(からだ)をそれらで彩り、快楽を享受するさまを撮影したのだ。

飲んだあとに彼は、それを告白するつもりだろう。そのとき自分は冷静でいられるだろうか。夏樹の頭にふと、東雲の顔が浮かんだ。

やはり東雲に同席してもらえばよかったかもしれない。兄の相手が一生だった場合、なぜ彼は葬儀に参列してくれなかったのか。夏樹が訪れるまで知らぬ顔をしていたのか。その答えを冷静に聞くことができるとは、到底思えない。

とはいえ、東雲を退けたのは自分である。そもそも自分の兄の問題なのだから、彼を頼ってどうする、と夏樹は自分を叱咤(しった)すると、これからの対応法を考えた。

自分はできるだけ飲まず、一生には飲ませて口を軽くさせる。はじめのうちは責めるようなことを言うのはやめよう。兄との関係をまず認めさせ、どういった経緯でそうなったのかを聞き出す。

もしもシラを切られたら？　その可能性もあるか、と今更夏樹が気づいたのは、それこそ今になって一生が既婚者であることを思い出したからだった。

いつだったか、まだ両親が生きているときに、一生の結婚披露宴に夫婦で招かれ出席していた。

ということは兄との関係は不倫となる。同性の場合も『不倫』でいいのだろうか、そんなことを考えている間に二人は応接間に戻り、先程座っていたソファにまた座ると、先に一生がワインボトルを手に取り、自分のグラスになみなみと注いだ。

続いて夏樹のグラスにも注ごうとするので、

「自分でやります」

とボトルを受け取る。

「すまないね」

一生は一気に近い感じでグラスを呷ったため、夏樹は彼のグラスを再び満たしてやった。

「……ありがとう」

一生がまた、ワインを呷り、はあ、と大きく溜め息を漏らす。

「……あれはあなたが買ったものですか？」

どう切り出せばいいか迷ったが、認めやすいであろうことから聞いていこう、と夏樹は一生を見つめ問いかけた。

「…………」

びく、と一生の肩が震え、彼の動きが一瞬止まる。黙り込まれては困る、と、夏樹はそう思うに至った理由を説明することにした。

「兄はクレジットカードを持っていなかったし、通帳にもそうした店に振り込んだ形跡はなかったので、どうやって入手したのかと不思議に思っていたんです」

不思議と言えば何より、兄があのような性的玩具を持っていたこと自体が不思議なのだが。心の中で呟きつつ夏樹が尚も一生を見つめていると、一生は自分でボトルに手を伸ばし、ワインをグラスに注ぎながら、こく、と小さく頷いた。

「ああ……僕が買った。冬樹君に頼まれて」

「頼まれて？」

兄にすべてを押しつける気か。その言葉を聞いた瞬間、夏樹の頭にカッと血が上った。しかしここで糾弾すれば一生は逃げに入るかもと、ぎりぎり残っていた理性でなんとか踏み留まり、冷静さを心がけつつ問いを発する。

「兄が頼んだのですか？　兄がああしたものに興味を抱いていることなど、初耳なんですが」

「僕も驚いたよ。冬樹君から最初に頼まれたときは、一体どうしたんだって」

やはり一生はあくまでもシラを切る気のようである。兄がどうして主治医である彼に性的玩具の購入を頼もうと思ったのか。なんのきっかけもなく、兄が頼むはずがない。腹立ちをなんとか抑え込みながら夏樹は、一言の嘘も見逃すまいという気持ちのもと、一生を真っ直ぐに見据え問いを重ねた。

「兄はどういったシチュエーションで購入を頼んだのですか？　何かきっかけがありましたよね？　それを教えてもらえませんか？」

「きっかけなどなかったよ。冬樹君が突然頼んできたんだ。買いたいけれども自分はクレジットカードを持っていない上、どこで買ったらいいかもわからないからと」

「嘘だ！」

さすがにもう、我慢できない、と夏樹は思わず立ち上がり、一生を怒鳴りつけていた。

「嘘じゃない。なぜ嘘と決めつけるんだ」

一生もまた立ち上がり、大きな声で反論する。

「兄を抱いていたんだろう？　証拠はあるんだ！」

なんという面の皮の厚さだ、と怒りが募り、まだ言うつもりはなかったことを夏樹は叫んでしまっていた。

「証拠ってなんだ！」

一生もまた興奮してきたらしく、更に怒声を張り上げる。

「兄のビデオだ！」

正しくは『証拠』とは言いがたい。映像には兄の姿と声しか入っていないのだが、頭に血が上ったせいで夏樹はあのビデオを撮影したのは一生と決めつけた状態で叫んでいた。

「ビデオ……？」

一生が訝しそうな顔になったあと、はっとしたように目を見開く。

「ビデオか」

「認めるんだな？　兄さんにあんな恥ずかしいことをさせたのを！　あれはお前が撮ったんだろう？」

詰め寄りながら夏樹は、今こそ彼を糾弾すべきだと声を張り上げた。

「兄さんとお前は一年前から関係が始まっていた。なのになぜ葬儀に来なかった？　不倫だからか？　関係がばれるとまずいと、そう思ったからか？」

「……その前に、ビデオを観せてもらえるか？」

夏樹は激高しているというのに、一生は謝るでもなく、逆に身を乗り出し夏樹にそんな依頼をしてきた。

「なんだって？」

「僕を撮ったものじゃなくて冬樹君を撮ったものなんだろう？　それを先に観せてくれ」

「…………え……？」

今や一生の目はギラギラと妙な輝きを宿し、頬はすっかり紅潮していた。何を言っているのか、理解できずにいた夏樹に、尚も一生が興奮した口調で喋り出す。

「観せてくれ。冬樹君が映っているんだよな？　あのいやらしい器具を使われているところなんだろう？　観れば僕が撮ったものかどうかわかる。さあ、夏樹君、観せてくれ」

「……なっ」

酔いがそうさせるのか、一生は理性を手放してしまったかのように見えた。立ち上がって夏樹のところまでやってくると、両肩を摑み、激しく揺さぶってくる。

「冬樹君がバイブを使っているところも映っていたかい？　乳首クリップも？　あとは、そうだ。エネマグラも買ってあげたんだった。ローターもいくつも買った。リモコンつきのものも。それを冬樹君が使っているんだろう？　是非、是非観せてくれ。頼む……っ」

ハアハアと息を荒くし、一生が夏樹に迫ってくる。

「一生さん、落ち着いてください」

彼を糾弾していたはずの夏樹は今や、一生の変化に対し、戸惑いに加えて恐れすらも感じていた。

「ああ、冬樹君。冬樹君がアナルにバイブを入れているのかい？　乳首を自分で苛めているのかい？　ローターはどこに使っている？　冬樹君、冬樹君……っ」

自分の言葉に欲情を煽られているのか、一生はますます興奮した様子になると、いきなり夏樹の上に覆い被さってきた。

「おい……っ」

「冬樹君、冬樹君……っ」

一生はどうやら夏樹と冬樹を混同しているようで、何度も冬樹の名を呼びながら夏樹の唇を唇で塞ごうとしてくる。

「よせ……っ」

咄嗟に避けたあと夏樹は一生を突き飛ばそうとした。が、その腕を捕らえた一生が、逆に夏樹をソファへと押し倒す。

「冬樹君。君は本当に綺麗だ」

言いながら一生が再び夏樹に顔を近づけ、唇を奪おうとする。すっかり動揺していた夏樹だったが、嫌悪が勝ったせいで落ち着きを取り戻すことができ、膝で思い切り一生の腹を蹴り上げた。

「うっ」

一生が苦悶の声を上げ、そのまま夏樹の上に倒れ込んでくる。それを押しやることで避けると夏樹は立ち上がり、まだグラスに残っていたワインを一生の顔に浴びせかけた。

「目を覚ませ！　俺は夏樹だ」

「……夏樹君……」

　一生が呆然とした声を上げ、夏樹を見上げてくる。

　何がどうなっているのか。今こそ真実が聞けるのではないかと思いながら夏樹は一生を睨みつけ、おどおどと目を伏せた彼に冷静な口調を心がけつつ問いかけた。

「兄さんとあなたはどんな関係だったんだ？」

「……どんな関係もない……」

　一生がぼそりと言い捨てる。

「あの器具を買ったのは自分だと認めたはずだ」

　言い逃れなどさせるものか、と夏樹が睨み下ろす先では、一生がそれまで見せなかったやさぐれた表情となっており、吐き捨てるような口調で話を始めた。

「ああ、そうだ。頼まれて買ったというのも本当だ」

「どうして兄はあなたに頼んだ？　なんの関係もなかったのなら」

　説明がつかないではないか、と尚も睨んだ夏樹を見上げ、一生が自棄になった様子で話し出す。

「診察中、キスしようとしたところを冬樹君にビデオに撮られて……公表されたくなかったら自分の願いを聞き入れてほしいと言われたんだ」

「なんだって⁉」

兄が脅迫したというのか、と夏樹が思わず声を荒立てたのは、嘘に違いないと思ったためだった。

「死人に口なしと思って、好き勝手なことを言うな！」

「本当だ。ビデオと聞いて最初、ドキリとしたのは、そのことを言われているのかと思ったからだ。しかし話を聞くにどうも違うようだとわかってきた。冬樹君は僕が買ったあのおもちゃで遊んだ記録を残しているようだと。是非、観せてほしい。手渡しながら使っているところを想像することしかできなかったというのに、映像で観ることができるだなんて」

またも興奮しかけている一生に対し、

「いい加減にしろ！」

と声を張ると夏樹は、改めて彼に問いかけた。

「あの器具を買ったのは認めるんだな？」

「……ああ」

渋々といった様子で一生が頷く。

「しかし兄とは主治医と患者という以上の関係ではなかった」

「脅迫者と被脅迫者という関係もあった。嘘じゃない。今から思うと冬樹君にははめられたとすら思えてくる。ああいうものを買わせるために、わざと気のある素振りをしてみせたんじゃないかと」

「気のある素振り？」

またいい加減なことを、と怒りを覚えたのが伝わったらしく、一生が夏樹を見やり言葉を足す。

「あくまでも僕の主観で言わせてもらうと、冬樹君は僕が彼に気があることを知っていたと思う。第一、そうじゃなきゃ部屋にビデオなど仕掛けると思うかい？」

「それは……」

ビデオを仕掛けたというのが本当なら、と夏樹は一生を見やった。懐疑的であるのを感じたようで、一生は、はあ、と大きく溜め息を漏らすと、

「こうなったら洗いざらい喋るから。信用するもしないも好きにしていい」

そう言ったかと思うと、問うより前に状況を説明し始めた。

「僕が冬樹君になんというか……邪な感情を抱くようになったのは、一年ほど前、彼に往診にきたときだ。中学生のときも可愛かったが、成長した彼は本当に綺麗で、僕の目には艶めかしく映った。ああ、だから僕の主観だ。冬樹君が何をしたというわけじゃない」

眉を顰めた夏樹に、一生は言い訳のようなことを言うと、言葉を続けた。

「アメリカに留学しているとき、男と関係を持って、自分にそうした性的指向があるのを知った。女性にも興味は普通にあったから、バイということなんだろう。ともあれ、冬樹君に惹かれた僕は、主治医として月一、往診する約束を取り付けた。彼と話したい、身体に触れ

たい、という疚しい目的で。ああ、誤解しないでくれ。最初の治療のとき以来、身体に触れたことはないよ。脈を取るくらいだ。あとは喉を見ると言って頬や首に触れるくらい。それでも充分、どぎまぎはした。そのくらい、冬樹君は色っぽかった」

最後のほうはうっとりした口調になった一生だったが、夏樹が睨みつけると、我に返った様子となり俯いた。

「ある日、どうにも我慢できなくなって彼にキスを迫ってしまった。冬樹君は抵抗した。それでも我慢できなくなり、唇を奪おうとしたら、彼はビデオを撮っていると言い出したんだ。びっくりしたよ。嘘かと思っていたら本棚に隠していたビデオカメラを見せてくれた。あの本棚だ」

一生が本棚を指さす。確かに応接セットを隠し撮りするには最適な場所だ、と夏樹が視線を向けたのを見て、一生は「本当だ」と頷いたあと、また口を開く。

「映像を見せられて驚いた。冬樹君は僕に見せたあとに、SDカードを渡してほしければ頼みを聞いてほしいと言い出した。その『頼み』というのが、性的玩具を購入してほしいということだったんだ」

「……本当なのか……?」

実際、性的玩具は存在しているので、一生の話を嘘と決めつけることはできない。しかし兄がそんなことを本当にするだろうか、と、やはり夏樹は信じることができずにいた。

「……僕だって驚いた。信じがたかったが本当だ。『医師としての信用問題にかかわる映像でしょう?』と冬樹君が脅してきたときも驚いたが、頼まれた内容にも驚いた。冬樹君が言うには、自分には入手のツテがないので、詳しそうな僕に頼みたいというんだ。詳しいはずはない。僕だって初めて購入したよ。往診の度に冬樹君に新しい道具を渡した。代金については、僕はいらないと言ったんだけどきっちり支払ってくれた」

「……………」

支払いをしたというところは、潔癖な兄らしい。しかし、と夏樹は未だ懐疑的な気持ちで一生を見やった。

「……本当のことだ。最初に彼が頼んだのがバイブで、次がローターだったかな。だから僕はてっきり彼は、男性の機能に自信がなくて、女性に対して使うのかと思っていたんだ。恋人でもできたんだろうってね。でもエネマグラを頼まれたとき、もしや自分で使っているのかと、ようやくその可能性に気づいた。それで何度か言い寄ったんだが、そのたびに撥ねつけられたよ。奥さんがいるんでしょう、と」

「………不倫になりますからね」

それもまた兄らしい。とはいえ、と夏樹は一生を見据えた。一生も真っ直ぐ夏樹を見返してくる。

「本当に相手はあなたではなかったんですね?」

あれらの性的玩具の購入者イコールあのビデオの撮影者、すなわち兄の恋人だと今まで夏樹は思っていた。しかし一生は違うという。

購入者は彼だが、兄の相手ではなかった。信じていいのか、と見つめる先では一生が真っ直ぐに夏樹を見つめ返してくる。

「本当に君は冬樹君に似ている……」

うっとりした口調でそう言う彼の眼差しに熱が籠もったのがわかり、夏樹は、キッと彼を睨んだ。

「悪かったよ。さっきは。どうやら酔っ払ったらしい。触れたくても触れられなかった冬樹君の代わりを君に求めてしまった。しかし、冬樹君は本当に誰かとあれらのおもちゃを使っていたのか？　さっき言っていたビデオにはその様子が映っているのかな？」

一生の視線にまた熱が帯びてくる。これが演技だとしたら稀代の名優レベルだ、と夏樹はようやく一生の言葉を信じる気になっていた。

「……葬儀にいらっしゃらなかったのはどうしてですか？」

また押し倒されてはたまらない、と話題を変えると、一生はバツの悪そうな顔になり頭を掻いた。

「薄情だとは自分でも思ったが、保身に走ってしまった。彼のために性的玩具を購入していたことが後ろめたくてね。葬儀で遺族と——君と顔を合わせることを避けたんだ。だから昨日、病院に君が来たときにはドキリとしたよ。単なる挨拶だと知ってほっとしていたんだが、やはり目的があったんだな……」

一生はそう言うと、改めて夏樹に対し頭を下げた。

「大変失礼した。冬樹君が亡くなったと聞いてショックだったし悲しんだ。彼には相手にされなかったが、僕は彼が好きだったからね。なのに葬儀に行くこともせず、君が訪ねてくるまで仏前に参りもしなかった。本当に申し訳なかった。君にも……冬樹君にも」

「頭を上げてください」

兄に対する謝罪が目的ではあった。それは報われたとはいえ、謎は残っている。一生の言葉を信じるとして、と夏樹は改めて彼に問いかけた。

「兄の相手に心当たりはありませんか？」

「ない」

即答した一生が言葉を続ける。

「さっきも言ったが、最初は女性に使っているのかと思ったし、エネマグラを頼まれたときから、もしや自慰に使う目的で買ったのではないかと考えるようになった。冬樹君に男の恋人などいてほしくないという願望もあったんだろうが……」

「話題に上ったこともなかったんですか？」

更に確認を取った夏樹に対し、一生はきっぱりと、

「一度もなかったよ」

と頷いたあと、少しやるせない表情となった。

「君がそこまで聞くということは、本当に相手がいたんだな……」

「………」

ぽつ、と呟いた一生の言葉と彼の表情からは、やはり嘘は感じられなかった。

となるとやはり、兄の恋人は他にいたということになるのか。一体それは誰なんだ？

混乱しつつあった夏樹の頭に一人の男の顔が浮かぶ。

また、彼を訪れ、相談してみようか。心の中で呟いた夏樹はそのとき、一生を帰したあとに渋谷区は松濤に向かうことを考えていた。

8

それからほどなくして一生を家から送り出すと、夏樹は才に連絡を入れた。

『はい』

応対に出たのは今回も愛で、相変わらず愛想のない声を出している。

「八代です。才さんはいらっしゃいますか？」

『おりますが』

前回と同じ返しを受けたが、二度目なので戸惑うことはなかった。

「これからお訪ねしたいのですが、ご都合を伺ってもらえませんか？」

『お待ちください』

愛は嫌みを言うことなく、電話を保留にする。暫く待たされたあと、再び愛の声が電話越しに響いてきた。

『お待ちしているとのことです』

「ありがとうございます。伺います」

礼を言い、切ろうとした夏樹の耳に、棘のある愛の声が響く。

『宿泊してもいいとのことでしたが、まだ早い時間ですからさほど遅くはなりませんよね？』

「……先日は申し訳ありませんでした。すっかりお世話になってしまって」

やはり嫌みは言うのだな、と夏樹は内心苦笑しつつも、言葉では丁寧に愛に詫びた。

『別に世話などしていません。それでは』

つん、と澄ました顔まで浮かぶ、と夏樹が思っているうちに電話は切られ、夏樹もまたスマートフォンを切ると出かける支度を始めた。

と、そのとき、インターホンが鳴り、誰だ？　と画面を見やった夏樹は、そこに東雲の姿を見出し、来たのか、と思いつつ応対に出た。

「はい」

『俺だ。神宮寺院長は？』

やはり心配し、会社が終わったあとに駆けつけてくれたらしい。

「もう帰ったよ。ちょっと待ってくれ」

鍵を開ける、と、夏樹は言い置き、玄関へと向かった。

「帰った？」

ドアを開くと勢い込んで東雲が中に入ってくる。

「ああ。上がってくれ……と言いたいんだが、今から出かけるところなんだ。才さんと約束を取り付けたんだよ」

夏樹が説明したのは、東雲も同行したいと言うのでは、と思ったからだった。

「才さんと？　どうして？」

東雲の眉間に縦皺が刻まれる。

「向こうで説明するよ。一緒に来るだろう？」

前に一人で行ったと告げたとき、東雲が不機嫌そうにしていたのを夏樹は覚えていたのだった。それで誘ったのに、東雲は、

「行く前に、話を聞かせてくれ」

と一歩も引かない。

「わかった。それじゃあ上がってくれ」

才には——正確には愛に、であるが——『これから行く』とは言ったが、時間を告げたわけではない。家を出るのが五分十分遅れるが、許容の範囲だろうと夏樹は考え、東雲を応接間に通すと、すぐに出かけるために飲み物を出すことなく、話を始めようとした。

「ワイン……神宮寺院長と飲んだのか？」

テーブルに出しっぱなしになっていたグラスやボトルを見て、東雲がまた眉を顰める。

「ああ。口を軽くさせようとして」

「それで？　どうだった？　彼だったか？」

座ることなく問いかけてくる東雲はなぜか興奮しているように見え、夏樹は戸惑いながら

も、

「まずは座れよ。水でも飲むか?」

と彼に話を聞かせる状況を作ろうとした。

「自分でとってくるよ」

東雲はそう言うと、言葉どおり自身でキッチンへと向かい、自分の分と夏樹の分のミネラルウォーターのペットボトルを手に戻ってきた。

「ありがとう」

差し出されたそれを受け取りながら夏樹は、早く出かけたいがゆえにキャップを開けることなく、自分の前にドサッと音を立てて腰を下ろした東雲に向かい話し始めた。

「結論から言うと、あれらの玩具を購入したのは一生さん……神宮寺院長だった。だが兄貴の相手ではないと言われた」

「……信じたのか?」

東雲の表情が懐疑的となる。当然だろう、と思いながら夏樹は、

「七割がた……」

と、自分の考えを伝え始めた。

「詳しくは才さんのところで話すけど、一生さんは兄貴にキスを迫っているところを隠し撮りされて、それをネタに性的玩具の購入を頼まれたと言っていた」

「そんな馬鹿な」

東雲が高い声を上げる。

「そんな話をお前は信じたのか?」

「だから七割がたと言っただろう。信用できるかどうか、才さんに判断を仰ごうと思って、それでこれから行こうとしているんだ。お前も一緒に来ないか？」

「どうして才さんに」

「お前が『なんでも相談できる』と言ったからじゃないか」

そこを聞かれるとは思わなかった。それで言い返した夏樹に、東雲はなぜか激しく反論してきた。

「才さんに聞くまでもなく、嘘に決まっているだろう」

「嘘だとは思えなかったんだよ」

「お前は騙（だま）されているだけだ」

「あれが演技だったらアカデミー賞ものだった。その場にお前もいたらわかるよ」

「だから同席すると言ったじゃないか」

「……それはもういいから」

確かに同席してもらっていれば、一生に迫られることもなかっただろう。とはいえそれがなかったら、彼があああも素直に喋ることもなかったわけだが。そんなことを考えていた夏樹を前に、東雲がまた、眉間に縦皺を寄せる。

「……一体、何があった？」

「それも才さんのところで話すよ」

二度話したい内容ではない。夏樹の気持ちはそれのみだったのだが、なぜか東雲が絡んでくる。

「俺には言えないが、才さんには言えるのか？」

「そんなことは言ってない。お前もそこで聞けばいいじゃないか」

「なら今話してくれてもいいじゃないか」

「一体どうした？　おかしいぞ」

夏樹の胸に違和感が芽生える。

「おかしい？　何が」

言い返してくる東雲はすっかり興奮しているように見えた。

「酒でも飲んできたのか？」

興奮ぶりが先程の一生とかぶったせいもあり、夏樹はそう問いかけたが、東雲はそんな彼を取り合わず、

「一体何があったんだ！」

と声を荒立てた。

「落ち着けよ。わかった、話すよ。ここで一生さんに迫られたんだ。兄貴と間違えられて」

「迫られた……？」

聞いた瞬間、東雲は呆然とした顔になった。が、すぐ、立ち上がるとテーブルを回って夏樹の傍らに跪き、驚いて立ち上がろうとする彼の両腕を摑むと勢い込んで問いかけてきた。

「神宮寺に迫られたのか？　何をされた？」

「何も……」

あまりの東雲の剣幕に、夏樹はすっかり引いてしまっていた。

「何もされなくて『迫られた』とは言わないだろう？　言ってくれ。何をされた？」

目の前の東雲は、未だ夏樹が見たことのない必死な表情を浮かべていた。一体どうしたのか、わけがわからないと戸惑いながらも夏樹は、なんとか東雲の腕を振り解こうとしたが、力が強すぎて振り解くことができない。

「落ち着けって。兄貴と間違ってキスされそうになっただけだ。膝で腹を蹴り上げたら目を覚ましたよ」

「キス……ッ」

聞いた瞬間、東雲が悪鬼のごとき表情となる。夏樹の腕を摑んでいた手を離し、立ち上がった彼が駆け出そうとする。顔も動作も気になり、夏樹は慌てて立ち上がって彼の腕を摑み足を止めさせた。

「どうした？　どこに行く？」

「神宮寺の病院に。あいつ、殴ってやる」

「はあ？」

何を言っているんだ、と夏樹はあまりに驚いたため、場の状況にそぐわない大きな声を上げてしまった。

「殴るって。お前は関係ないだろう？」

既に当事者である自分が、一生の腹を蹴っている。なのになぜ、と問いかけた夏樹に向かい、東雲が何かを言いかけた。が、なぜか言い淀み、下を向く。

「とにかく、これから才さんのところに行こう。そこで才さんの話を聞こうじゃないか」

「いやだ。行きたくない」

「え？」

どうして、と問いかけた夏樹の腕を振り払うと東雲は完全に振り返り、正面から改めて両肩に手を伸ばしてきた。

「東雲？」

真っ直ぐに見据えられ、何事かと彼を見返す。また、見たことのない表情だと見つめる先で、東雲の顔が一瞬歪む。泣きそうな顔だ、と驚いていた夏樹は、彼が告げた言葉にも驚き、声を失ってしまったのだった。

「好きだ。お前が」

「……え？」

今、彼は何を言ったのだ？　理解が追いつかず、問い返した夏樹の目の前で東雲がどこか傷ついたような表情を浮かべながら、切々と思いを訴え始める。

「ずっと好きだった。言えば傍にいられなくなると思ったから打ち明けることはできなかった。このまま一生打ち明けずにいるつもりだった……そのつもりだったが……」

次第に夏樹の肩を摑む東雲の指先に力が籠もってくる。痛みを覚えるほどだ、と顔を歪めたのを見て東雲は、はっとした顔になると、ぱっとその手を離した。

「……悪い……」

「いや……」

俯いた彼の表情がますます悲しげになる。どうした、と問いかけずにはいられないほどで、夏樹は一歩踏み出し、彼の顔を覗き込もうとした。

「……お前が……冬樹さんの真似をしてエネマグラを使った姿を見たり、神宮寺院長に迫られた話を聞いて、俺は……」

ここまで言うと東雲は顔を上げ、夏樹を見た。夏樹もまた戸惑いながらも彼を見返す。

「悪い。忘れてくれ。無理かもしれないが、頼む……っ」

そう言ったかと思うと東雲が部屋を駆け出していく。暫し呆然としていた夏樹だったが、

すぐ我に返ると、

「待てよ！」

と東雲を追おうとした。が、そのときにはもう東雲は玄関を出ており、夏樹の目の前でドアが閉まった。

「…………………」

今、何が起こったというのか。

混乱の真(ま)っ直中(ただなか)にいた夏樹は玄関でも呆然と立ち尽くしてしまっていたのだが、さすがにそろそろ家を出ねばなるまい、と敢えて東雲のことを考えるのをやめ、行動を起こすことにした。

東雲のあとを追うことも一瞬考えたが、追ったところで彼に返すべき言葉は何一つ思いつかない。

まずは兄、冬樹のことを片付けよう。片付ける、という表現はなんだが、まずは兄のことを解決し、それから自身の問題と向き合おう。

『問題』という表現も違うか。またも呆然としかけた夏樹は、敢えて思考を手放すと、彼もまた家を出て渋谷へと向かったのだった。

訪れるのは三回目となる松濤のお屋敷のインターホンを押す。スピーカーからはなんの返事もなかったがすぐに門が開き、中に入ると玄関先に愛が立っているのが見えた。

待たせては申し訳ない、と駆け寄っていくと愛は夏樹の顔をちらと見たあと、眉を顰め問いかけてきた。

「どうしました？　酷い顔ですね」

「え？」

自覚がなかった、と己の頬に手をやった夏樹を愛が真っ直ぐに見上げてくる。

「……そんなに酷い顔かな」

説明をするには長くなる。それで問い返すと愛は、ふい、とそっぽを向いてしまった。

「どうぞこちらに」

「ごめん。言いたくないわけじゃなくて、どう言えばいいかわからなかったんだ」

問うてくれたということは案じてくれたのだろう。答える意思がないと思われ、不快に感じたに違いないと夏樹は慌てて前を歩く愛の背に声をかけた。

「別に気にしていません。馬鹿馬鹿しい」

肩越しに微(かす)かに振り返った愛が、吐き捨てるような口調でそう言い、歩調を速める。あっという間に前に通された部屋に到着した彼がノックをし、中に声をかけながらドアを開いた。

「先生、八代さんがいらっしゃいました。何をどう説明していいかわからないそうです」

「はは、愛君、飲み物を持ってきたら君もここで話を聞くといいよ」

才は相変わらず飄々とした様子をしていた。端整な彼の顔を見る夏樹の胸に、安堵感が満ちてくる。

なんだろう。こうも頼りになると思わせる存在感は。気づけばうっとりと見つめてしまっていたことに夏樹が気づいたのは、愛の毒舌が耳に届いたからだった。

「だからそういうのを視姦というのだと言ったでしょう」

「す、すみません」

確かに不躾に見つめすぎた、と慌てて目を伏せた夏樹の耳に、才が楽しげに笑う声が響く。

「愛君、夏樹君を苛めるのはたいがいにしてあげなさい。さあ、飲み物を」

「かしこまりました」

愛がつんと澄まして部屋を出ていく。

「彼のツンデレぶりは今回は酷いな。君は相当、愛君に気に入られたようだね」

「……そう……なんでしょうか」

とてもそうは思えない。戸惑いの声を上げた夏樹をソファへと導くと才は向かいに座り、にっこりと微笑みかけてきた。

「何か進展があったの？　ああ、話は愛君が来てからじゃないと、彼が拗ねてしまうかな」

「拗ねやしません」

途端にドアが開き、愛がシャンパングラスを盆に載せ、部屋に入ってくる。

「シャンパンを運んでくるまで待っているよ」

「今日はスパークリングです」

つんと澄まして部屋を出ていった愛はすぐ戻ってきたが、彼が手にしていたのは言葉に反し、ヴーヴ・クリコのボトルだった。

「どうぞ」

器用に栓を抜き、二人のグラスに注いだあとにボトルを手に部屋を出ようとする。

「シャンパンクーラーはあとでいいよ。君もそこで話を聞くだろう？」

才が声をかけたが愛は、

「興味ありません」

と部屋を出てしまった。そんな彼を目で追いながら、やりやれ、と才が肩を竦（すく）める。

「まあ放っておこう。それで何があったの？」

才に問われ夏樹は、性的玩具を兄に頼まれて購入していたのが主治医の神宮寺一生だったとわかった経緯について説明した。

才は時折質問を挟んできたが、話を聞き終えると、

「なるほどね」

と頷き、シャンパングラスに手を伸ばした。が、既に空になっていることに気づくと、

「愛君」

と少し声を張る。と、ドアの外にいたとしか思えないタイミングで開いたそのドアから愛が、シャンパンクーラーに入ったボトルを部屋に持ち込み、テーブルの上に置くと才のグラスと夏樹のグラスに注ぎ、また部屋を出ていった。

「外にいるなら中で聞けばいいのにね」

くす, と笑った才がそう言い、グラスを手に取る。答えようがなくて黙っていると才は夏樹に問いかけてきた。

「それで、君はその神宮寺院長の話を信じたんだね？」

「……完全に信じたかと言われるとちょっと……兄が脅迫をするということにも違和感を覚えますし」

ただ、残された映像を観るに、兄は積極的に性的玩具を使っているとしか思えない。首を傾げた夏樹に向かい、才が頷いてみせる。

「もしその医師の言うことが真実だった場合、なぜ、お兄さんが彼に器具の購入を頼んだのか、理由がわからないよね。頼むのなら共に使う相手のほうが適しているだろうに」

「そうですよね……っ」

言われてみれば、と、夏樹は今更、一生の言葉を信じ切れない原因に気づいた。

一生はとても嘘を言っているようには見えなかったが、才の言うとおり、兄はなぜ撮影までさせた相手に購入を頼まなかったのだろう。

「しかし医師が嘘をついている様子はない。不思議だね」

歌うような口調で告げた才が、微笑み、シャンパンを飲む。つられて飲んでいた夏樹に才が、

「ところで」

と一段と明るい口調で声をかけてきた。

「他に悩みができたことはないかい？　来るのが随分、遅かったけれども」

「え……っ」

なぜ、わかるのか。目を見開いた夏樹に才が笑いかけてくる。

「図星らしいね。お兄さんのことではなく、君絡み？」

「……はい……」

何から何までお見通しとは。顔を見ただけでわかるのか。本当に『なんでもできる』人なのだなと、夏樹は頷いたあと、また、まじまじと才の顔を見つめてしまった。

「また愛君に『視姦』と言われるよ」

才に苦笑され、我に返る。

「すみません。ただ、どうしてわかるのかと……」

俯いた夏樹のグラスにシャンパンを注ぎながら才が、朗らかにも聞こえる口調で話しかけてきた。

「言いたくないなら言わなくてもいい。心に抱えられないようなら明かしてくれればいいよ」

「……はい……」

頷いたあと夏樹は、どうするか、と自身の胸に問いかけた。

才を紹介してくれたのは東雲だ。その東雲とのことを才に相談するというのはどうなのかと思わなくもない。

東雲の気持ちが真剣だとわかるだけに、と言い淀んでいた夏樹をちらと見やっただけで、才はグラスを傾けている。

居心地の悪い沈黙ではない。が、夏樹が才に打ち明ける気になったのは、やはり一人で心に抱えていることは苦しくてできない、と救いの手を才に対し求めてしまったからだった。

「……東雲に……告白されました。ずっと好きだったと」

「へえ」

それを聞き、才が目を見開く。

「……本当に、驚いてしまって……」

夏樹は才が驚いたのを見て、彼もまた意外に思ったのだろうと考えたのだが、続く彼の言葉を聞き、自分の勘違いに気づかされたのだった。

「なんだ。東雲君は一生、黙っているのかと思っていた。告白する勇気を持つことができたんだな」

「え……っ」

既に気づいていたのか、と驚いていた夏樹の前で、才が、

「愛君」

と少し声を張る。

「お呼びですか？」

やはりドアの前にいたとしか思えないタイミングで姿を見せた彼に才は、

「シャンパンがなくなってしまった」

と空になったボトルを示してみせた。

「お待ちください」

愛は歩み寄り、ボトルを手に取ると、その様子を見るとはなしに見ていた夏樹へと視線を向け、呆(あき)れた口調で声をかけてきた。

「本当に鈍感ですよね。何年越しの付き合いだか知りませんけど、傍(はた)から見ていてもまるわかりだというのに」

「……そう……なのか……？」

まったく気づかなかった、と呆然としている夏樹を見て、愛が聞こえよがしな溜め息を漏

らす。

「愛君、シャンパン」

そんな彼も才に急かされると、

「お待ちください」

と澄ました様子でそう言い、部屋を出ていった。

「……そう……なんですか……？」

信じられない。才や愛の言葉を疑うわけではないのだが、つい、問いかけてしまった夏樹を前に、才が肩を竦める。

「最初にここに来たとき、君に言ったでしょう？　好意を抱かれていても気づいていないだけじゃないかと」

「そうですが……しかし……」

『しかし』のあと、言うべき言葉を持たず、夏樹は声を失った。

「でも君の鈍感さは、東雲君にとってはありがたかったと思うよ」

才がにっこり微笑んだところに、愛が新しいシャンパンのボトルを手に入ってきて、二人のグラスに順番に注ぐ。

「修行僧でもそこまで我慢はすまい、と僕も愛君も感心していたんだが、何か彼の心を動かすようなことがあったんだね、きっと」

「え……あ……」

にっこりとまた才に微笑まれたとき、夏樹の頭に浮かんだのは、エネマグラを試しているときに部屋に踏み込まれた、あのときの東雲の顔だった。

あれがきっかけだったのだろうか。呆然としたまま、名を呼ばれた。思えばそのあとから東雲がより、過保護になった気がする。

しかし。しかし。しかし――。

やはり『しかし』のあとに言葉は出てこない。黙り込んだ夏樹を才は暫く見つめていたが、やがて、

「ああ、そうだ」

と何か思い出した声を上げ、立ち上がった。

「君に預かったお兄さんのビデオ、解析してみてわかったことがある」

「えっ」

夏樹は一旦、東雲に対する思考を手放すことにした。自分でも悪い癖だと思うが、本来なら突き詰めて考えねばならないことも、答えが出ない場合回避してしまう。

一抹（いちまつ）の罪悪感を覚えたものの、すぐ、本来の目的は兄のことだったはずだと自分に言い訳をしていた夏樹の心の流れをすべて読んだかのように才は苦笑めいた笑みを浮かべたあと、少し離れたところにある書き物机へと向かうとＳＤカードを取り上げ、再びソファへと戻っ

てきた。

「この映像、お兄さんが加工していたよ。あたかも撮影者がいるかのように」

「……え？」

聞いた瞬間、意味がわからず問い返した夏樹を見て、才が困ったように笑う。その顔を見たとき夏樹は、彼が何を言いたいかを察し、思わずそれを言葉にしていた。

「兄の自撮りだったということですか？　撮影者は誰もいなかったと？」

「そのとおり」

言いながら、まさか、と信じがたく思っていた夏樹に対し、才はきっぱりと頷くと、ＳＤカードを差し出してきながら説明を始めた。

「カメラがズームイン、ズームアウトしていたのはあとからの加工とわかった。舐めるようなレンズの動きもね。今日日、映像関連では様々なソフトが開発されているから。お兄さん、パソコンを持っていたでしょう？　かなりスペックが高いものを」

「……はい。持ってました」

答えはしたが、まだ夏樹はそれを信じられずにいた。

あれが兄の自作自演というのか？　つまりは自慰だったと？　そんな馬鹿な。なぜそんなことをしていたのか？

混乱しまくっていた夏樹の耳に、まだ部屋に留まっていた愛の呆れた声が響く。

「単なる趣味でしょう。それ以外に何があるというんです？」

「……あ……」

あたかも頭の中を覗かれたかのような彼の言葉を聞き、反射的に顔を上げた夏樹を見る愛の目にはなんともいえない光があった。

「……え……？」

なんだ、と尚も見つめようとしたが、才が声をかけてきたのに、視線を彼へと移す。

「そのパソコンを見れば、映像を加工した形跡が残っていると思う。持ってきたら見てあげるよ。デスクトップ型なら出向いてもいい」

パスワードが設定されていたところで才であればすぐに開くことができるのだろう。何も言わずともそれを感じさせる才の言葉に、夏樹は考えるより前に首を横に振っていた。

「いえ……いいです」

「そんなに気に病むことはないよ」

才が微笑み、立ち上がって夏樹の傍らに立つとぽんと肩を叩く。

「…………」

顔を上げた夏樹に才は微笑んだまま声をかけてきたが、その笑みには同情がこれでもかというほど滲んでいた。

「お兄さんの秘密の趣味を暴いてしまったことを気にしているんだろう？　仕方のないこと

だよ。お兄さんの死は突然で、処分する時間はなかった。鍵のかかった引き出しがあったら遅かれ早かれ君は開けて、中を見たはずだ。お兄さんもきっと怒っちゃいない。気にするなと言っているはずだよ。天国でね」

「…………う…………」

心の中に渦巻いていた、自身にも説明のつかなかったもやもやとした気持ちを的確に言い当ててくれた才の言葉を聞くうちに、夏樹の胸に熱いものが込み上げ、嗚咽が喉から漏れる。

顔を両手に埋め、それを堪えようとする夏樹の隣に才が腰を下ろした気配が伝わってきたあと、彼の力強い腕に肩を抱かれ、耳元に心地よいバリトンが響く。

「大丈夫。君は何も悪くない。お兄さんも気にしていない。僕が断言するよ」

「う……っ……うぅ……っ……」

安堵感溢れる優しい声音に、優しい言葉に、夏樹の目には次々涙が溢れ、止まらなくなる。

自分は兄のことをまるでわかっていなかった。たった二人の兄弟だというのに、なぜもっと話さなかったのだろう。両親を失ったときにはすべてを兄に任せてしまった。会社を言い訳に兄が苦労したであろう相続に関しても『大変だね』と声をかけたくらいで手伝うこともしなかった。

「ごめん……ごめん、兄さん……っ」

恋人を紹介することもなかった。ここ何年も、腹を割って話したことはなかった気がする。

会社のことも、話したところでわかるまいと話題にしなかった。振り返れば高校も大学も、兄は通ったことがないからと遠慮し、いつも浅い話しかしてこなかった。

兄はきっと気づいていたのだ、それに。だから兄も浅い話題しか振ってこなかった。心の奥深いところに通ずる話をしてくれなかったのは自分もしていなかったからだ。

「兄さん……ごめん……っ」

夏樹の謝罪はいつしか、兄の秘密を暴いてしまったことから、兄との関わり方についてに移っていた。泣きじゃくる彼の背を、母親が幼子にするかのように、トントンと優しく叩いてくれながら、才が耳元で同じ言葉を繰り返す。

「大丈夫だ。お兄さんは君を許しているよ」

「う……っ……う……っ」

優しすぎるその声音に救われる思いを抱きながら、夏樹は涙が尽きるまでのかなり長い間、才の腕の中で泣きじゃくってしまったのだった。

「……申し訳ありません。恥ずかしいところをお見せして……」

涙が治まると大泣きしてしまったことが恥ずかしくなり、才の前で顔を上げられなくなった。そんな夏樹に対し、才はどこまでも優しく微笑むと、

「それこそ気にすることはないよ」

と告げ、ぽん、と夏樹の肩を叩くと立ち上がり、向かいの席に戻っていった。

「それじゃあ、このカードの映像は削除していいかな？　それとも持って帰るかい？」

「削除してもらえますか？」

持って帰ると言うのは、才を信用しないのと同じである。そう告げた夏樹に才はにっこり笑うと、

「わかった」

と頷きＳＤカードを机の上に戻した。

「ありがとうございました。色々と……」

頭を下げた夏樹に才は、

「だから気にすることはないよ」

と笑うと、愛に向かい、

「水を持ってきてもらえるかい？」

と指示を出した。

「かしこまりました」

愛は無表情といっていい顔で頷き、部屋を出ていく。彼にも泣いているところを見られたわけか、と恥ずかしく思っていた夏樹は、才に声をかけられ、はっとして彼を見やった。

「お兄さんも、今頃、喜んでいるかもしれないよ。この映像をきっかけに、君を長年想い続けてきた東雲君が、告白する勇気を持てたんだから」

『この映像』と言いながら目でＳＤカードを示した才を前に、夏樹は思わず声を漏らしてしまった。

「あ……」

「自分の分まで君には幸せになってもらいたいと、きっとそう思っているよ」

才の言葉を夏樹は、実に素直な心で聞くことができた。

「水です」

と、いつの間にか部屋に戻ってきていた愛が、夏樹に水の入ったグラスを差し出してくる。

「ありがとう」

受け取り、見やった先では愛がむすっとした顔をしている。不機嫌に見えるがその理由は、と考えていた夏樹に、才が声をかけてきた。

「さて、君はこのあと、向かうべきところがあるんじゃないかな?」

「え? あ……」

『向かうべきところ』——そう言われて一番に頭に浮かんだのは、東雲の顔だった。

彼の告白を受けたが、自分はなんの返事もしていない。そのせいで東雲は今、嫌悪の念を抱かれていると誤解していかねないのだ。

「はい。ありがとうございます」

「水を飲んでいくといいよ。声が嗄(か)れているから」

「はい」

才の言葉にいちいち頷き、そのとおりに振る舞っている自覚は、夏樹にはなかった。言われたとおりに水を飲むと夏樹は立ち上がり、才に向かって頭を下げた。

「本当にありがとうございました。改めてお礼に伺いますので」

「礼など気にしなくていいよ」

才もまた立ち上がると、夏樹に向かい微笑んでみせた。

「また遊びにいらっしゃい。東雲君と二人で」

「はい……っ」

やはり彼には心を読まれている。実感しながら夏樹は再び頭を下げると、才のもとを辞し、駅へと向かったのだった。

かなり夜遅い時間ではあったが、地下鉄に乗った夏樹の行き先は自宅ではなかった。今、東雲は赤坂(あかさか)に部屋を借りている。何度も遊びに行ったことがあるので夏樹は迷うことなく彼のマンションに辿り着くことができた。

インターホンを鳴らし応答を待つ。暫くの間沈黙が続いたので、もしやまだ帰宅していないのかと再びインターホンを鳴らそうとしたとき、ガサッと繋(つな)がる音がスピーカーからした直後、訝しげな東雲の声が響いてきた。

『……夏樹……?』

「夜遅くに悪い。話があるんだ。部屋に入れてもらえないか?」

『……話……?』

いつもであれば何も言わずとも、インターホンの映像で夏樹とわかればすぐに東雲はオートロックを解除してくれたが、今、扉は固く閉ざされたままである。東雲の躊躇いは先程の告白にあるとわかるだけに夏樹は、他に用件があると言えば開けてくれるかもしれないと、インターホンに向かって訴えかけた。

「兄さんの例の映像について、才さんが答えを出してくれた。それをまず伝えたいんだ」

『……っ』

その瞬間、スピーカーからはっきりと東雲が息を呑んだ気配が伝わってきた。

「？」

そうも動揺させたことに違和感を覚えたものの、

『わかった』

という返事と共にオートロックが解除されたため、夏樹は「ありがとう」と礼を言うとすぐさま開いた自動ドアを通り抜けエレベーターへと向かった。

東雲の部屋は、八階建てのこのマンションの七階にあった。夏樹がドアの前に立ちインターホンを押すと、玄関先で待機していたらしい東雲は酷く思い詰めた顔をしていた。

「夏樹、俺は……」

「……こんなことお前に言う必要はないとわかっているけど、これからする話は一切、他言無用にしてほしい」

案内を請うより前に、勝手知ったる、といつも通されるリビングダイニングへと進みながら夏樹がそう言うと、あとに続く東雲が戸惑いの声を背後で上げたのが聞こえた。

「……え？」

「そしてできれば今後も話題にしてほしくない。今このとき限りでこの話は終わりにしたい」

リビングダイニングに到着し、振り返って東雲を見る。

「…………ああ……」

東雲の表情は『苦悶（くもん）』といっていいもので、幾許（いくばく）かの違和感を覚えながらも夏樹は許されるより前にいつも座るテレビ前のソファに座ると、隣に座ってほしいと目で東雲に訴えた。

実はこのソファはソファベッドで、大人三人が並んで腰を下ろしても余裕といった長さがあり、夏樹もこれをベッドにして泊まらせてもらったことが何度もあった。

それだけの余裕があるというのに、東雲は座ることに躊躇いを見せた上で、

「何か飲むか」

とキッチンへと向かおうとした。

「まずは話を聞いてくれ」

シャンパンも水も、才の家で振る舞ってもらった。何より早く話をしたい。夏樹がそう言うとなぜか東雲はこの世の終わりといった顔になり、夏樹とは距離を取っていることがありありとわかる場所に腰を下ろした。

そうも近寄るまいとしているのは、告白を受けたときの自分の態度に問題があったのだろう。反省しつつ、夏樹は東雲へと身体を向けると真っ直ぐに彼を見据え、口を開いた。

「才さんが解明してくれた。あの映像は兄さんの自作自演だということだった」

「……え？」

目を合わせようとしても俯き、決して視線を向けてこようとしなかった東雲も、話の内容に驚いたためか、はっとしたように顔を上げ、夏樹を見る。

「驚くよな。兄さんがそんなことをするなんて。あのビデオ、お前には少ししか観せていなかったけれど、実際観ると撮影者がいるとしか思えないような内容だったんだ」

兄の秘密を語ることに抵抗はあった。しかしここから話さないと結論には至らない、と心の中で兄に詫びつつ、夏樹はどこか呆然とした顔をしている東雲に話し続けた。

「兄が何を思って映像を残したのかはわからない。でも兄は誰かに見られることなど考えていなかったと思う。なのに亡くなってしまったが故に俺に見られることになった。本当に申し訳なく思ったし、兄がなぜ、あの映像を撮ろうと思ったか理由は未だにまったくわからない。でも、あのビデオのおかげでわかったことがあった」

「……わかった……こと？」

相変わらず呆然としていた東雲が、あたかも独り言のように呟く。

「ああ。お前の気持ちだ」

夏樹がそう言うと、東雲は、はっとした顔になったあと、すっと目を伏せてしまった。やはり彼は誤解をしている。その誤解を解くには言葉を尽くすしかない、と夏樹は喋り続けた。

「お前に好きだと言われて、本当に驚いた。でも、少しも嫌ではなかった。本当だ」

「…………」

夏樹の言葉を信じることができないのか、東雲は俯いたままである。彼の眼差しを再び自分に向けたい。その気持ちが夏樹の胸の中で膨らみ、それを言葉に乗せていた。

「お前のことはずっと親友だと思っていたので、好きだと言われて驚いた。でも、お前が誤解したように嫌ではなかった。驚いたけれど、決して嫌ではなかったんだ」

「…………夏樹…………」

東雲が顔を上げ、夏樹を見返す。

「嫌じゃない。本当に嫌じゃなかった。才さんの言うとおりだと思った」

「何が……？」

東雲の瞳が潤み始めたことに夏樹は気づいていた。そうも自分を想ってくれていたのかという実感が芽生え、彼の瞳もまた潤んできてしまっていた。

「……兄さんがあの映像を残してくれたおかげで、お前の気持ちを知ることができた。それこそ、兄さんの……うまく言えないけど、俺への思いというか、変な言い方かもしれないけど、贈り物だったのではないかと……そう、思ったんだ」

「贈り物……」

ぽつ、と東雲が呟くと同時に、彼の瞳から一筋、涙が頬を伝って流れる。

「東雲」

彼が泣くところなど初めて見た。目を見開いた夏樹を見て東雲は少し照れくさそうに指先で頬を拭うと、苦笑し目を伏せた。

「恥ずかしいところを見せたな」

「別に恥ずかしくはないよ」

自分はほぼ出会ったばかりといっていい才の前で号泣してきたところなだけに、本心から夏樹はそう言ったのだが、東雲はどうやら気を遣われたと思ったようだった。

「ありがとう」

微笑んだあと顔を上げ、夏樹を真っ直ぐに見つめてくる。

「もう前のような関係には戻れないと思っていた。こうして訪ねてきてくれて、本当に嬉しいよ」

安堵の笑みを浮かべながら、東雲が言葉を続ける。

「これからも友人として、傍にいてもいいか？」

「……………友人で、いいのか？」

問い返したときには、夏樹の気持ちは固まっていた。

「……え……？」

東雲が戸惑った顔で問い返してくる。期待が少しも感じられない彼の表情を見た瞬間、夏樹は心の底から東雲に対し、微笑んでもらいたいという気持ちになった。

自分の鈍感さを申し訳なく思った。長い間――出会ってからもう、何年とすぐには数えられないほど本当に長い間傍にいながら、東雲は自分への恋心を隠し続けていた。

友情の名の下に、彼にはどれだけ助けられてきたことか。しかし自分もまた、この先彼が困っていれば力になりたいと心から思っているし、喜びも悲しみも分かち合いたいと願っている。

この気持ちは、東雲の抱く自分への気持ちと同じものではないのか。友情と愛情にそれほどの差はあるのか。

夏樹は手を伸ばし、東雲の腕に触れた。びく、と彼の身体が震え、視線が彼の腕を摑む自分の手に向けられる。

「……俺は……」

摑んだ手に力を込めると、東雲の視線が夏樹の顔へと移った。見つめ合いながら夏樹は、こうしていてもやはり少しも嫌悪の念を覚えないことを確かめていた。

一生に押し倒され、唇を奪われそうになったときには嫌悪しかなかった。だがもし今、東雲がくちづけをしたいと告げたとしたら、自分は目を閉じ、受け入れるに違いなかった。

「夏樹……？」

『俺は』と言ったきり、黙って顔を見つめる夏樹を見返す東雲の瞳にようやく期待の兆しが現れる。

「……俺がお前に抱いている気持ちも多分、同じものだと思う」

『好きだ』と言い切る自信はまだない。だがきっとすぐにその自信を持つことはできるようになる気がする。そう思いながら告げた夏樹の目の前で、東雲の目が大きく見開かれたと思った次の瞬間、夏樹の手を振り解く勢いで彼の手が伸び、その場できつく抱き締められた。

「俺は……夢を見ているのか……？」

独り言なのか、それとも問われたのかはわからない。それほど心許ない口調で呟かれた東雲の言葉を、彼の腕の中で夏樹はしっかりと受け止め、力強く答えた。

「夢じゃないから」

夏樹もまた両手でしっかり東雲の背を抱き締め返す。二人して暫く抱き合ったあと、東雲が夏樹の背から腕を解き、少し身体を離して顔を見下ろしてきた。

「……キスしたい」

「……うん」

東雲の眼差しの熱っぽさに、夏樹は目を奪われた。いつも彼はこんなふうに自分を見つめていたのか。なぜ、気づかずにいられたのだろう。気づくチャンスはいくらでもあっただろうに。

罪悪感めいた気持ちを抱きつつ、頷いた夏樹の頬を東雲は両手で包むと額を合わせてきた。

「ありがとう」

「礼なんて」

言ってもらうとますます罪悪感が増す。俯きそうになっていた夏樹の頬を包んだ手で上を向かせると、東雲は少し言葉を探すような素振りをしたあと、掠れた声でこう告げ唇を寄せてきた。

「違うと思ったらすぐ言ってくれ。やめるから」

温かな唇が夏樹の唇に触れる。しっとりとしたその感触は少しも嫌悪感を齎さず、それどころかときめきが胸に芽生え、愛しさが満ちていく。

そうか。やはり自分の気持ちも東雲と同じものだったのだ。気づいていなかっただけで、と夏樹は胸に溢れる熱い気持ちのまま、再び東雲の背を抱き締める。

「……っ」

東雲は一瞬、びく、と身体を震わせたが、すぐに強く夏樹を抱き締め返し、より深く口づけてきた。

「ん……っ」

合わせた唇の間から微かな声が漏れる。甘やかな声を上げていることに気恥ずかしさが増したが、同時に身体の奥から『たまらない』としか表現し得ない感覚が込み上げてきて、その感覚に突き動かされ、夏樹は更に強い力で東雲の背を抱き締めた。

東雲が躊躇いを見せつつ、夏樹をソファへと押し倒そうとする。キス以上の行為を求められていると察したが、やはり嫌悪感は湧いてこない。

されるがまま、ソファへと仰向けに倒れ込んだ夏樹の唇を塞いでいた東雲が身体を起こすと、じっと瞳を見つめ問いかけてきた。

「……ベッドに行こうか」

「うん」

頷いた夏樹を見下ろし、東雲はまた、何かを言いかけた。が、夏樹が身体を起こそうとすると、唇を引き結ぶようにして微笑み、先にソファから起きると夏樹の腕を摑んで立ち上がらせてくれた。

ここで夏樹が積極的になったのは、東雲の躊躇いを感じたからだった。無理を強いているのではと心配しているようだが、そんなことはまったくないのだ。それを態度で示そうと彼は、東雲の腕を逆に摑み、自ら、

「行こう」

と微笑むと、二人並ぶようにしてリビングを出て、東雲の寝室へと向かったのだった。

ベッドの前で夏樹と東雲は顔を見合わせたあと、どちらからともなく自ら服を脱ぎ始めた。

不思議な感じがする。躊躇いなく服を脱ぎ捨てながら夏樹は、中学生の頃から何度となく見てきたはずの東雲の脱衣の様子を見やった。先に全裸になった彼が視線に気づいたように夏樹を見る。

「……恥ずかしいな」

東雲が苦笑したのは、既に彼の雄が勃ちかけているからのようだった。

「……ふふ……」

東雲が自分に欲情している。やはり不思議だ。思わず笑ってしまっていた夏樹は、こうして笑えるということは嫌悪はないのだ、と改めて自分の気持ちに確信を持つことができた。

ごく自然にベッドに横たわり、覆い被さってきた東雲の背を抱き寄せる。自分が抱かれる側だとごく自然に受け入れていることに戸惑いはあったが、自分が東雲を抱いているシチュエーションは浮かばないので、これでいいのだろうと東雲に身を委ねるべく目を閉じた。

東雲の唇が夏樹の首筋から胸へと向かう。乳首を口に含まれたとき、ぞわ、とした刺激が腰の辺りから這い上ってきて、身を捩りかけた夏樹だったが、もう片方の乳首を摘まみ上げられ、自分でも思いがけずに声を漏らすこととなった。

「や……っ」

なんて声だ、と、思わず両手で口を塞ぐ。と、胸に顔を埋めていた東雲がちらと視線を上げ、嬉しげに目を細め微笑んだ。

感じてくれているのが嬉しいということだろうか。そう思うと羞恥が少し薄まる気がし、夏樹は口から手を退(の)け自分の胸の上で蠢(うごめ)く東雲の髪を見下ろした。

「あ……っ」

また、東雲が乳首を摘まみ上げ、抓(つね)るようにしたあとに爪(つめ)をめり込ませてくる。もう片方を強く吸い上げられ、舌先で転がされたあとに軽く嚙(か)まれ、また吸われ、と絶え間なく両方の乳首を攻められるうちに、最初は羞恥から堪えようとした声が次々夏樹の唇から漏れていった。

「あ……っ……う……っ……ん……っ……ん ふ……っ」

自分の胸に性感帯があるなど、まるで知らなかった。自分が女のように身悶え、喘(あえ)いでいることに戸惑いを覚えながらも、身体の奥底から込み上げてくる欲情がその驚きをも上回り、思考力が落ちていく。

「や……っ……あ……っ……ん ん……っ」

この声。どこかで聞いたような。

ふとそんな考えが夏樹の頭に浮かびかけたが、乳首を弄(まさぐ)っていた東雲の手が腹を滑り、雄を握ってきたその刺激に大きく背を仰(の)け反(ぞ)らせたとき、結びかけた思考は彼方(かなた)へと飛ばされていった。

「あ……っ……あぁ……っ……あっあっあっ」

一気に竿を扱き上げられ、何も考えられなくなる。今にも達してしまいそうなほどの快感に我を忘れて喘ぐ夏樹は、東雲が身体を移動させ、自身の下肢に顔を埋めようとしていることに気づいていなかった。

「あぁっ」

熱い口内を雄に感じ、またも大きく背を仰け反らせた夏樹は、今までフェラチオの経験がなかった。圧倒的な快感に、射精しそうになった夏樹は、いつの間にか後ろに回っていた東雲の手が双丘を割り、指先をそこへと挿入させてきたことに違和感を覚えたせいで、ふと我に返った。

身体が強張ったのを感じたらしく、口淫を続けていた東雲が動きを止め、顔を見上げてくる。

目が合ったとき、改めて東雲にフェラチオをされていることを自覚し、不思議だ、と思うと同時に、彼が不安げな表情を浮かべていることに気づき、大丈夫、と夏樹は頷いた。

「…………」

東雲が夏樹を口から離し、何かを言おうとする。

「大丈夫だから……」

だが夏樹が言葉でもそう伝えると、安堵したように微笑み、再び舌を、顎を動かし始めた。

「ん……っ……あ……っ……」

先端のくびれた部分をすぼめた唇で刺激し、先走りの液が滲む尿道を硬くした舌先で割ってくる。後ろに挿入した指は正確に前立腺の位置を探り当て、ぐいぐいと押しやるようにしてそこばかりを攻め立てる。

前への、そして後ろへの執拗な愛撫(あいぶ)に、夏樹の息は上がり、喘ぐ声はより高くなっていった。

「あぁ……っ……あっ……あっ……あっ……」

また、どこかで聞いたような声だという考えが浮かびかけるが、脳まで沸騰するような快楽の波に攫(さら)われ、頭の中が真っ白になっていく。

「もう……っ……あぁ……っ……もう……っ……いく……っ」

今まで経験したことのない性的快感に、夏樹はすっかり我を忘れていた。全身が火傷(やけど)しそうなほどに熱く、肌に汗が滲む。吐く息さえ熱くて、この熱を発散させないとどうにかなってしまいそうな、そんな気持ちに陥る。

「あぁっ……」

一段と高く喘いだとき、雄が外気に晒(さら)され、後ろを弄っていた二本の指が抜かれた。それで一瞬、素に戻った夏樹が反射的に目を開いた先で、少し思い詰めた顔をした東雲がゆっくりと覆い被さり、問いかけてくる。

「挿れていいか?」

「……うん」

なぜ東雲がそんな顔をしているのか、思考力が著しく落ちていたため夏樹は理解することができなかったのだが、あとから、それまで築き上げてきた『友人』という関係が完璧に変わることを躊躇ったのかもしれない、と彼の気持ちを推察した。

そのときは何も考える余裕がなく、思い詰めた表情のまま東雲がまるで壊れ物でも扱うかのような丁寧さで夏樹の両脚を抱え上げるのに、ただ、身を任せていた。

高く腰を上げさせられ、露わにされた後孔に、既に勃ちきり、先走りの液を滴らせている雄の先端を宛てがわれる。

ずぶ、と先端がめり込んできたとき、指とは比べものにならない太さに夏樹の身体は強張りかけた。が、東雲が腰を引こうとするのがわかったので夏樹は、大丈夫、と頷くと、抱えられていた両脚を東雲の腰に回し動きを制した。

「……大丈夫か？」

東雲が心配そうに問うてくるのに、

「ああ」

と頷く。

「ゆっくり、いくから」

東雲の眉間には未だ縦皺が寄っていた。大丈夫だから、と夏樹は大きく息を吐き出し、身体から力を抜こうとした。

言葉どおり東雲は、夏樹の両脚を抱え直しながらゆっくりと腰を進めてきた。亀頭に抉(えぐ)られる内壁に摩擦による熱が生まれ、その熱が次第に身体の内側から肌へと向かい伝わるのと同時に、じわじわと東雲の想いも体内へと伝わってくる。そんな錯覚に夏樹は陥った。

やがて、ぴた、と二人の下肢が重なったとき、夏樹と東雲はほぼ同時に、達成感の籠もった息を吐き、目を見交わしてつい、笑ってしまった。

「動くよ」

微笑んだ東雲がまた、夏樹の両脚を抱え直すと、ゆっくりと腰を動かし始める。

「……ん……っ……あ……っ……」

雄が抜き差しされるたびに、またも体感したことのない感覚が夏樹の中に芽生えていった。その感覚は東雲の律動のスピードが上がり、奥深いところに彼の雄が突き立てられるようになると夏樹の全身に溢れ、身を捩り、発したことがないような高い声が彼の口から放たれるようになっていく。

「あ……っ……あぁ……っ……あっあっあっ」

全身を灼熱(しゃくねつ)の炎に焼かれているようなこの感覚。これこそが味わったことのないほどの大きな快感であると、察する余裕は既に夏樹から失われていた。

「いく……っ……もう……っ……いく……っ……いく……っ……いかせてくれ……っ」

いつしか閉じてしまっていた瞼の裏で、極彩色の花火が何発も上がり、やがて視界が真っ白になる。耳鳴りのような鼓動が聴覚を奪い、喉が嗄れるほどに叫ぶ己の声が酷く遠いところから聞こえる。

否、『己の声』という認識すら、夏樹にはなかった。快楽の真っ直中で彼は、救いを求め両手を伸ばす。と、片脚が離された直後にその手を握られ、はっとして目を開いた先に夏樹は、腰の律動はそのままに己の手を握り締める東雲の幸せそうな顔を見出し、たまらない気持ちになった。

「一緒にいこう」

東雲が呟くようにしてそう言ったかと思うと、夏樹の手を離し、その手を二人の身体の間で張り詰めていた雄へと向かわせる。

「アーッ」

握り込んだ雄を一気に扱き上げられた途端に夏樹は達し、白濁した液を彼の手の中に飛ばしていた。

「う……っ」

射精を受け、夏樹の後ろが激しく収縮する。それが刺激となったのか東雲もまた達したようで、夏樹の身体の上で少し伸び上がるような姿勢となった。

次の瞬間、ずしりとした精液の重さが伝わってきて、夏樹はなんともいえない思いを胸に

東雲を見上げた。東雲もまた、夏樹をじっと見返してくる。

ああ。わかった。『充足感』だ。満ち足りた気持ちが胸に溢れているのだ、と夏樹は両手を東雲に向かって伸ばした。

「好きだ」

抱き締める背を与えてくれようと、東雲が夏樹に覆い被さってくる。

何も言わなくても、気持ちが通じる。きっと今、東雲の胸にも充足感が溢れているに違いない。

今までの友情が終わったわけではない。友情に恋情がプラスされた、それだけだ。これからもずっと、傍にいてほしいし傍にいたい。今までと同じように。

東雲の背をしっかりと抱き締めながら夏樹は心の中でそう呟き、腕の中の彼が同じ想いを抱いてくれているといいと切に願ったのだった。

10

「そんな思い詰めた顔をして。どうしたの。てっきり喜びの報告をしに来たのかと思ったのだけれど」

いつものように愛想のない愛に案内され、通された部屋で東雲を迎えてくれた才は、開口一番、そう言うと、愛へと視線を移した。

「愛君、彼のためにシャンパンを」

「お祝いっていうより、お悔やみっていう顔をしていますけどね」

愛の毒舌が刺さる、と胸を押さえた東雲を見て、才が愛を睨む。

「こら」

「すぐお持ちします」

愛がツンと澄まして部屋を出ると、東雲は耐えられず才へと駆け寄った。

「才さん」

「なに、どうしたの」

凄い剣幕だね、と笑う才に対し、東雲は更に一歩を踏み出し問いかけた。

「どうして夏樹に嘘を言ったんです？　本当はわかっているんでしょう？」

「立ってする話ではないだろう？　まず座りなさい」

才が微笑み、そう告げたところに、愛がシャンパングラスを盆に載せ入ってくる。

「愛君、シャンパンは少しあとにするよ。呼んだら持ってきてもらえるかい？」

東雲が立ち尽くしているのを見て、才は苦笑したあと愛にそう声をかけたのだが、愛は肩を竦めてグラスをテーブルに下ろすとすぐ、

「ごゆっくり」

と部屋を出ていった。

「さて座ろう」

才に言われ、いつものソファに腰を下ろした東雲の口から溜め息と共に言葉が零れる。

「才さんはわかっていたはずです。あのビデオは冬樹さんの自作自演なんかじゃない。あれは……あれを撮ったのは……」

ここで東雲は顔を上げ、才を見た。才がふっと笑い、頷いてみせる。

「君だよね」

「なのにどうして、夏樹に嘘を言ったんです？」

夏樹を抱いた翌日、東雲は堪らず才のもとを訪れた。

なぜ、才は嘘を吐いてくれたのか。夏樹が才にビデオのことを頼んだと知ったときから東

雲は、撮影者が自分であることが夏樹にわかってしまうと密かに覚悟を決めていた。

なのになぜ、と見つめる先で、才が苦笑しつつ問いかけてくる。

「そもそもどうして君が撮ることになったの」

「……それは……」

東雲は答えようとしたが、心の整理がつかず、一瞬、言い淀んだ。すると才が東雲の代わりに、すらすらと話し始める。

「夏樹君のお兄さん……冬樹君に頼まれたんだよね。最初は勿論、性的玩具を使っているところを撮って、なんてことじゃなかった。きっかけはあの神宮寺という医者だね。冬樹君にこう相談されたんじゃない？　医者に迫られて困っている。何かのときの用心に、診察中はビデオカメラで隠し撮りをしたい。自分は機械に弱いから、やり方を教えてもらえないか。ビデオカメラも貸してほしい……」

「どうして……」

何から何までそのとおりで、東雲は思わず目を見開き、声を漏らしてしまっていた。

「推察しただけだよ」

才はそう笑うと、あとはどうぞ、というように目で促してくる。そこまでわかっているのならきっと、これから話すことも『推察』しているだろうと思うと少し気が楽になり、東雲はようやく口を開くことができるようになった。

「才さんの仰るとおりです。夏樹がいないときに彼の家に行くことはまずなかったんですが、一年くらい前に冬樹さんから相談があると家に呼ばれたんです。夏樹は心配するだろうから内緒にしてほしいと言われて……」

「それで君はビデオカメラを貸し、隠し撮りの方法を教えた」

「はい。その後冬樹さんから、助かった、お礼がしたいとまた呼ばれました。外聞を憚るので家で会いたいと言われ、出向くと神宮寺に迫られた映像を観せてくれ、この映像があれば身の安全が守れる、と感謝されました」

「お礼に、とワインだか日本酒だかを振る舞われたんじゃないの？　ああ、でも酩酊したくらいじゃ、君は自分を失わないだろうから、催淫剤でも仕込まれたのかもね。それで前後不覚になった」

「えっ」

東雲が驚きの声を上げたのは、その可能性をまったく考えたことがなかったためだった。

「気づかなかったんだ？」

才もまた意外そうに目を見開いたが、すぐ笑顔になり、

「それで？」

と話の続きを促す。

「はい……お互い、随分と酔ってしまってから、冬樹さんが僕に、『君はカメラの扱いが得

意そうだから、撮ってほしいものがある』と頼んできたんです。いいですよ、と引き受けると、寝室に連れていかれました」

東雲の脳裏にその夜の記憶がまざまざと蘇る。

『こういうの、一回やってみたかったんだぁ』

甘えた声を上げながら冬樹は、自分を撮ってほしい、と東雲にカメラを構えさせた。

『いい？　途中で止めちゃダメだよ』

呂律が回っていない上、ふらふらしている彼が泥酔しているのは明らかだった。カメラを構えている東雲もいつになく酔っている自覚を持ちつつ、『まかせてください』と冬樹にレンズを向けたのだが、いきなり彼が脱衣を始めたのを見て、さすがにぎょっとし、声をかけた。

『冬樹さん？』

『撮っててよぅ』

カメラを——というより東雲に甘えた視線を向けながら、冬樹が彼のものにしてはサイズの大きなシャツを脱ぎ捨てる。裸の胸が露わになり、乳首に錘のついたクリップが装着されているのを見た瞬間、東雲の中で何かが弾けた。

『ふふふ』

冬樹が恥じらうように笑いながらスラックスを脱ぐ。彼は下着を着けていない上に、既にペニスにはローターがくくりつけられていた。

シーツの上に横たわり、枕の下に手を入れてリモコンを取り出す。呆然としながらも目を逸(そ)らすことができずにいた東雲に対し、快感に身悶え、喘ぐ合間に冬樹が呼びかけてくる。

『ねえ、撮って……っ……きて……きて……っ』

そのあとのことは東雲はよく覚えていなかった。大きく足を開き、きて、きて、とせがまれる声に誘われ、いつしかカメラを手放し、ベッドに上がっていた。

長年、想い続けてきた夏樹と冬樹は双子のように似ていた。昔から夢の中では何度も夏樹を抱いている。これもまた夢に違いない。

いやらしい器具を乳首に、ペニスに装着し、性欲に従順な獣のように高く声を上げ、背中に爪を立ててくる。

なんたる現実味(リアリティ)。幸せだ。何度も愛しい身体に精を注ぎ、互いの精液でベタベタになった肌を密着させて眠った。

いつもであれば目覚めたときは一人で、自分を親友と信じている夏樹を夢の中で穢(けが)してしまったことへの罪悪感と、肉欲を夢でしか果たせない己に空(むな)しさを感じるはずが、翌朝、腕の中に己のつけた赤い吸い痕(あと)も生々しい白い肌を見出し、東雲は酷く狼狽(ろうばい)した。

直後に目を覚ました冬樹に対し、謝って済むことではないが、と頭を下げ続けた東雲に、冬樹は、まるで気にしていないと微笑んだ。

『こちらこそ、おかしなお願いをして悪かったね。軽蔑(けいべつ)してくれてもいい』

『軽蔑なんて』

するわけがない、と首を横に振った東雲を前に、冬樹は安堵したのか、ぽつぽつと話を始めた。

恥ずかしいことに今まで恋人がいたことはない。でも人並みに性的なことに対して興味はある。大人のおもちゃを買ったのもそれが動機だった。誰かに使われているところを想像し、自慰をしてみたらとても興奮した。その映像を自分でも見てみたくて、酒の力を借りてお願いしてしまった。

『本当のセックスもできた……嬉しい』

そう言い、本心から嬉しげに笑っている様子の冬樹を見て、東雲は何も言えなくなった。

『また、撮影をお願いしてもいいかな。こんなことを頼めるのは君しかいないから』

家を辞すときにおずおずと冬樹が言ってきたのを、断るべきだったのに、頷いてしまったのは、彼を抱いてしまった罪悪感もあったが、それ以上に夏樹そっくりの兄の淫らな姿をまた見たいという誘惑から逃れられない思いがあった。

「……その後も、新しいおもちゃを買った、と冬樹さんに呼び出されるたびに出かけていって頼まれるがまま、撮影をしました。酔いに任せて抱いてしまったことも何度もあります。撮影に入るのにアルコールの力を借りないと羞恥が先に立ってしまうからと、冬樹さんも僕もいつも酔っ払っていたので……」

東雲が長い説明を終え、溜め息を漏らす。

「ビデオを一緒に観ることもあったの？」

東雲の話すがままに任せていた才がここで問いを発する。

「いえ。冬樹さんにあとから観たいからと頼まれて編集はしていましたが」

「そのとき、自分の声や映り込んでしまった部分を消したんだね」

才の指摘に東雲は、そのとおり、と頷いた。

「消してほしいと頼まれたんです」

『絶対にあり得ないけど、もしも何かの拍子に夏樹の目に触れるようなことがあったら、君に迷惑がかかってしまうから』

自分の趣味に付き合ってもらっているだけなのに、弟との関係に亀裂が入ってしまったら申し訳ない。自分のこんな恥ずかしい映像を弟に見せることなどあり得ないけれど、と冬樹が言ってきたとき、安堵しなかったといえば嘘になる、と東雲は正直に才に打ち明けた。

「冬樹さんは常に僕に逃げ道を与えてくれていました。それに僕は甘えてしまっていた。自分に付き合わせている、という彼の言葉を言い訳に僕は、自分の欲望のまま、彼のいやらしい姿を撮影し、求められれば彼を抱いた。好きとか愛してるとか、そういった気持ちもないのに、一年もの間、そんな関係を続けてしまった」

「ビデオの映像は一ヶ月前が最後だったけど」

才がここでまた、言葉を挟む。

「……冬樹さんから、そろそろやめようと言われたんです」

『もうすぐ、夏樹が帰国するから』

弟には僕も知られたくない。冬樹は照れたようにそう笑うと、

『今までありがとう』

と東雲に微笑みかけてきた。

あのとき、自分はなんと答えたのだったか——記憶を辿(たど)っていた東雲は、才に声をかけられ、はっと我に返った。

「なるほど。これで僕の疑問点はすべて解明した。君ももう、あのビデオのことは忘れてしまいなさい」

「しかし……」

許されるのだろうか。心で思っただけの言葉に、才が問い返す。

「誰に？」

「それは……」

今まで散々、冬樹に甘えてきた。亡くなった彼にこれ以上甘えていいのか。

このままだと冬樹は弟の夏樹に、あたかも人に撮影してもらっているような体(てい)を装い、自慰を繰り返していた人だと思われてしまう。それは『嘘』で冬樹には自分という相手がいた

のだ。

何度も夏樹には打ち明けようとした。でも勇気が出なかった。打ち明ければ確実に夏樹を失う。もう友人としてでも傍にいることはできなくなる。

今、彼とは『恋人』になった。失いたくない気持ちはより勝るようになったが、果たしてこのまま口を閉ざしていていいのだろうか。

やはり正直に明かすべきではないか。それもまた心の中で思っただけだというのに、才は正確に感じ取ったらしく、苦笑すると口を開いた。

「なぜ、嘘を吐いたのかとさっき聞かれたけど、答えは簡単だよ。真実を明かしたところで誰も幸せにはならないだろう？」

「……え……？」

また、自分が甘えてしまいそうな予感を抱きつつ、東雲は才の言葉に縋り問い返す。

「冬樹君は本来なら、自分の『趣味』を夏樹君に知られたくなかったんだろう？　運悪く知られることになったけど、君を巻き込んでいたこともまた、知られたくなかったと思うよ」

「そう……でしょうか」

東雲の脳裏に、撮影はそろそろやめよう、と切り出してきた冬樹の顔が蘇った。

弟には知られたくないと、はっきり彼は言った。映像の編集を頼まれたときに、東雲の声や姿をカットしてほしいと頼まれたのも『真実』だ。

「夏樹君も君が撮影者と知ったらショックを受けると思うよ。誰も幸せにならないことがわかっているのに、事実を明かすなんて、するべきじゃないと思ったから嘘を吐いた。それが答えだ」

「才……さん……」

本当に——いいのだろうか。東雲の心の中で幻の冬樹が微笑む。

『今までありがとう』

儚い、笑みだった。柔らかな。優しげな。

本当に、いいのだろうか。

「いいんだよ」

才がきっぱりと言い切り、頷いてみせる。

「…………はい…………」

才が言うのならきっと、そのとおりに違いない。救いを得た気がした東雲の頬に、ようやく笑みが浮かぶ。

「愛君、シャンパンを」

それを見た才がそう声を張る。と、ドアが開き、愛がうんざりした顔で既に温くなりつつあったシャンパンを、東雲と才、それぞれのグラスに注いだのだった。

「酒で失敗した自覚がないんですかね、あの人は」

酩酊といっていい状態で才のもとを辞した東雲をタクシーの後部シートに押し込んだあと、溜め息をつきながら戻ってくると愛は呆れた声を上げつつ、彼が飲んだグラスやボトルを片付け始めた。

「余程ほっとしたんじゃないの？　それに嬉しかったんだと思うよ」

「長年の片想いが成就したことが？　本当にいい気なものですね」

「愛君、そう毒を吐くものじゃないよ」

才が苦笑しつつ、自身で注いだシャンパンを一口飲む。

「毒も吐きたくなりますよ。才先生、どうして本当のこと言わないんです？」

愛がじろ、と才を睨む。

「本当のことって？」

「とぼけないでください。どう考えてもお兄さんは弟の夏樹さんに見つかるように映像を残したんでしょうに」

「…………」

才がやれやれ、というように肩を竦める。それを見た愛もまた、やれやれ、と溜め息を漏らし言葉を続けた。

「お兄さん、東雲さんのことが好きだったんじゃないですか？　だから誘惑して抱かせた。そうなんでしょう？」

「………」

才はまた、肩を竦めたが『違う』とは言わなかった。やはり、と愛は彼を見つめたまま、言葉を続ける。

「お兄さんはきっと東雲さんが弟のことを好きだと知っていたんでしょうね。だから恋愛感情はなく、『趣味』だの『性的興味』だのを理由にした。好きだと告白すれば拒絶されるとわかっていた。気持ちの入っていないセックスなら、受け入れてもらえる。それこそ、弟の代わりに抱いてもらえると思ったんですかね」

「愛君、君は本当に耳がいいね」

ドアの外にいたのに、と笑う才を、

「誤魔化さないで」

と愛が睨む。

「お兄さんは何度も密かに賭けをした。撮影したビデオから、東雲さんに映像や音声を消してほしいと頼んだこと。万一、弟に見られるかもしれないからと理由を言うとき、どんな気持ちだったんでしょうね。最後の賭けが、弟の帰国を理由に関係を終わらせようと言ったこと。お兄さんとしては拒絶してほしかったのに、全部許諾されて、それであのビデオを消さずにおいたんじゃないですか？　弟にいつか、見つかることを狙って」

「愛君は随分、意地の悪い考え方をするね」

「お兄さんが浮かばれないと思っただけですよ」

才がわざとらしく目を見開くのをまた、じろ、と睨むと愛はきつい語調で才を詰った。

「あのビデオはいわば、お兄さんの牽制だった。東雲さんが将来、弟と気持ちが通じ合うことがあったとしても、自分と東雲さんが過去関係したことを弟が知ればショックを受けると見越してわざわざ残しておいた。お兄さんの性格を考えると一部、東雲さんの声か姿を消し残しているんじゃないですか。東雲さんに編集させたものの間に挟み込む、なんていかにもやりそうですけど」

「お兄さんと面識がないのに、性格などよくわかるものだね」

はは、と才が笑うのに、

「違いますか？」

と愛が確認を取る。

「それこそ、誰も幸せにならないことがわかっているのに、事実を知らせる必要はないよね」

「ならあのビデオのオリジナルも処分させたほうがいいんじゃないですか？　まあ、今後、見ることはないでしょうけど」

「なんやかんやいって、君は優しい子だね」

むすっとして言い捨てた愛に、才が笑顔を向ける。

「まあ乾杯しようじゃないか。長すぎる片恋の成就に」

「勝手に一人でしてください」

ツンと澄まし、片付けを続ける愛に向かい才がグラスを差し出す。と、愛はあからさまに溜め息をつきながらもそのグラスにシャンパンを注いでやったのだった。

エピローグ

あなたのペニスの型を取りたいのです。
あなたと会えないときにも、あなたを愛おしむことができるように。
あなたがいつか恋を叶（かな）え、僕のもとを去る日が来たとしても、
僕の後ろがあなたの形を覚えていられるように。
あなたの形代（かたしろ）を後ろに収めながら僕は、幸せに微笑み合うあなたとあなたの恋人の傍らで、
あなたの幸せを祈るでしょう。
あなたと、そして僕の大切なたった一人の血を分けたきょうだいの幸せを。

あとがき

はじめまして&こんにちは。愁堂れなです。

このたびは八十七冊目のルチル文庫『淫具』をお手に取ってくださり、本当にありがとうございました。

本作には二年前に発行していただいた『淫夢』にも出てきたキャラクター、神野才と女装美少年愛が登場しますが、それぞれ独立したお話なので、本作のみでお楽しみいただけます。とはいえ未読のかたにはこの機会に『淫夢』もお手に取っていただけると嬉しいです。

亡くなった兄の秘密を知ってしまった夏樹。抱えきれずに親友、東雲の先輩である才に救いを求めるも、その才にとんでもないアドバイスをされて——という私の大好物の親友ものとなりました。

エロティックな雰囲気目指して頑張りましたので、皆様に少しでも楽しんでいただけましたら、これほど嬉しいことはありません。

イラストの笠井あゆみ先生には今回も大大大感動を味わわせていただきました。美しい冬樹夏樹兄弟に、格好いい東雲に、そして再登場の才と愛の麗しさにもうメロメロです。

ラフも楽しませていただきました。本当にたくさんの幸せをありがとうございました。この度はご迷惑をおかけし大変申し訳ありませんでした。

また今回もとてもお世話になりました担当様をはじめ、本書発行に携わってくださいましたすべての皆様に、この場をお借り致しまして心より御礼申し上げます。

最後に何より、この本をお手に取ってくださいました皆様に御礼申し上げます。

前作『淫夢』のあとがきにも書かせていただいたのですが、私はどんでん返しのあるお話が読むのも書くのも大好きで、本作でも——と、ネタばれになるので書かずにおきますが、本当に楽しく書かせていただきました。

どうか皆様にお楽しみいただけていますように。

次のルチル文庫様での発行は書き下ろしの新作になる予定です。こちらもよろしかったらどうぞお手に取ってみてくださいね。

また皆様にお目にかかれますことを、切にお祈りしています。

令和二年三月吉日

愁堂れな

（公式サイト『シャインズ』http://www.r-shuhdoh.com/）

✦初出　淫具……………書き下ろし

愁堂れな先生、笠井あゆみ先生へのお便り、本作品に関するご意見、ご感想などは
〒151-0051 東京都渋谷区千駄ヶ谷 4-9-7
幻冬舎コミックス　ルチル文庫「淫具」係まで。

幻冬舎ルチル文庫

淫具

2020年3月20日　　第1刷発行

✦著者	愁堂れな　しゅうどう れな
✦発行人	石原正康
✦発行元	株式会社 幻冬舎コミックス 〒151-0051 東京都渋谷区千駄ヶ谷 4-9-7 電話 03(5411)6431［編集］
✦発売元	株式会社 幻冬舎 〒151-0051 東京都渋谷区千駄ヶ谷 4-9-7 電話 03(5411)6222［営業］ 振替 00120-8-767643
✦印刷・製本所	中央精版印刷株式会社

✦検印廃止

ISBN978-4-344-84621-0　C0193　Printed in Japan